KB155245

la vie d´or

고광(高光) 현대 판타지 장편소설

초판 1쇄 찍은 날 | 2019년 1월 17일
초판 1쇄 펴낸 날 | 2019년 1월 24일

지은이 | 고광(高光)
펴낸이 | 예경원

기획 | 위시북스
편집책임 | 이규재
편집 | 위시북스

펴낸곳 | 예원북스
등록번호 | 제396-2012-000132호
등록일자 | 2012. 7. 25
KFN | 제1-358호

주소 | 경기도 고양시 일산동구 호수로 646-24 위너스21II빌딩 206A호 (우)10401
전화 | 031-819-9431 **팩스** | 031-817-9432
E-mail | yewonbooks@naver.com

ISBN 979-11-89824-02-0 04810
     979-11-89450-37-3 (set)

라비동
la vie d´or

고광(高光) 현대 판타지 장편소설
WISHBOOKS GAME FANTASY STORY

Wish Books

la vie d'or

CONTENTS

- 1장 -
서부지검의 비밀(3)

방송으로 송출되고 있는 모습은 그야말로 장관이었다.

방송 역사상 전무후무했던 검찰 관계자의 발언에 그 광경을 목도한 시청자들마저도 진땀을 흘렸다.

종국에 대남이 검사 선서문에 걸맞은 검사가 되기 위해 이 자리에 섰다는 말을 할 적에는 온몸을 타고 전율까지 느껴졌다.

"정말 대단합니다."

진행자는 저도 모르게 감탄 섞인 말을 내뱉었다.

전국으로 송출되는 생방송에서 저렇게 소신 발언을 하는 법조인이 과연 대한민국에 있을까. 게다가 대남은 산전수전을 다 겪은 연륜이 깃든 정치인도 권력가도 아닌, 이제 막 수습 검사로 발돋움한 법조인이었다.

방청석에서도 이제는 수군거리기보단 대남을 경외감에 가

득 찬 시선으로 바라보고 있었다.

"자, 그럼 지금 '시사 쟁점 토론'을 시청하고 계신 시청자 여러분들을 위해 한번 되짚어보겠습니다. 김 검사님의 말씀대로면 수사 종결에 가까웠던 은평동 살인 사건을 전면 재수사한다는 것입니까?"

"그렇습니다. 물론 아직 상부에서 정확한 하달은 없었지만 담당 검사의 재량하에 재수사를 실시할 예정입니다. 진범은 아직 잡히지 않았으니까요."

"……!"

다시 한번 진범이 잡히지 않았다는 것을 각인시키는 대남의 말에 진행자는 굳게 입을 다물어 보였다.

반면 PD는 입가에 희미한 미소를 지어 보인 채 주먹을 세게 말아 쥐었다.

말단 검사의 신분이었지만, 분명 검찰 관계자의 발표였고 더군다나 그 주체가 세간의 관심을 받은 김대남이라는 불세출의 천재라니, 대남의 말처럼 이건 정말 하늘이 내린 기회인지도 몰랐다.

여태까지 고리타분하다고 평가되던 '시사 쟁점 토론'이 새로이 태어날 수 있는 기회였고, 내일 아침 산정될 전국 시청률이 상상되자 흥분이 온몸을 감싸 안았다.

"진행자님, 잠깐 시간을 내어 개인적인 발언을 해도 괜찮겠습니까?"

대남의 돌발적인 질문에 진행자는 급히 고개를 돌려 PD를 바라봤다.

세트장 한편에 서 있던 PD는 고민할 것도 없다는 듯이 고개를 끄덕여 보였다. 어떤 발언을 할지는 모르겠으나, 앞서 했던 폭탄 발언들에 비하면 어떠한 말이 튀어나와도 더 이상 놀랍지 않을 것 같았다.

"저는 지금 이 방송을 초조해하며 지켜보고 있을 단 한 명에게 묻고 싶습니다."

"단 한 명이요……?"

"진범 말입니다."

"……!"

진범이라는 대남의 말에 진행자는 물론이고 방청객들, 제작진들마저도 얼굴에 다시없을 놀라움이 가득 들어찼다. 대남은 그러한 상황 속에도 개의치 않은 듯 카메라만을 주시한 채 말했다.

"은평동 살인 사건의 피해자는 이제 막 이십 대 중반에 접어든 꽃다운 나이의 여성이었습니다. 누구에게나 사랑받을 만한 여성을 죽인 당신은 거기서 멈추지 않고 또 다른 범죄를 모방했습니다. 피해자는 애초에 흉기로 잔인하게 살해를 당한 것이 아니라, 교살에 의해 죽음을 맞았습니다. 하지만 당신은 죽은 피해자를 또다시 죽이는 극악무도한 짓을 저질렀죠."

대남은 잠깐 말을 멈추었다. 마치 화면 너머의 진범을 노려보듯 그의 눈동자가 매서워졌다.

"완벽한 범죄를 꿈꿨고 가짜 범인을 만들어 검찰과 경찰을 손바닥 위에서 가지고 논 당신은 지금쯤 가소롭단 표정을 지으며 이 방송을 시청하고 있을지도 모르겠군요. 하나 세상에 완벽한 범죄란 존재하지 않습니다. 피해자를 살해하고 분노했습니까? 즐거웠습니까? 아니면 슬프기라도 했습니까?"

카메라 감독은 말을 쏟아내는 대남의 모습을 놓치지 않고 계속해서 담아내고 있었다.

"왜 그랬습니까? 정답은 당신만이 알겠죠. 하지만 한 가지만 알아두세요."

이어지는 뒷말에 장내가 소란스러워졌다.

"전 당신이 누구인지 알고 있습니다."

조필우 차장의 눈가가 매섭게 휘어졌다. 차장은 곧장 브라운관 TV를 꺼버리고는 고개를 돌려 민 검사를 직시했다.

민 검사는 생방송의 내용이 첩첩산중이라는 말이 어울릴 정도로 폭탄 발언의 연속이라는 사실에 이미 놀라움을 감추지 못하고 있었다.

"저게 도대체 어떻게 된 거야!"

차장이 노성을 터뜨렸지만 민 검사는 말을 잇지 못했다.

얼마나 시간이 지났을까, 민 검사는 겨우 힘을 내어 말했다.

"……말씀드렸지 않습니까. 진실을 밝히러 갔다고요."

"지금 그걸 말이라고 하고 있어! 김대남이 저놈이 지금 생방송에 나가서 말도 안 되는 얘기를 하고 있잖아. 뭐가 어쩌고 어째?! 은평동 살인 사건을 전면적으로 재수사해야 한다고? 너희들은 차장인 내 말이 지금 우습게 느껴지나!"

차장이 눈을 부릅뜨며 고함을 내질렀다. 날 선 그의 물음에 민 검사는 비지땀을 흘릴 수밖에 없었다. 차장은 그러한 민 검사를 짐짓 노려보다 말을 이었다.

"김대남한테 전하게. 이번엔 시말서로 끝날 생각은 하지 말라고. 그리고 은평동 살인 사건을 재수사한다는 허황된 말은 자네 선에서 마무리해. 그렇지 않으면 자네도 김대남과 함께 묶여서 상부에 보고 될 줄 알아."

짐짓 으름장을 놓는 차장이었다. 차장은 더 이상의 대화는 필요 없다는 듯 손짓으로 문 너머를 가리켰다. 그 모습에 민 검사는 하는 수없이 말을 아끼며 자리에서 일어났다.

민 검사가 나가자 차장이 마른 입술을 쓸어 보였다.

"제기랄."

브라운관 속에 비친 대남의 모습은 그 여느 때처럼 거침이 없고 당당해 보였다. 검사로서 보여줘야 할 자세였지만 차장에게는 눈엣가시나 다름없었다.

욕지거리를 내뱉고 얼마 지나지 않아 집무실의 전화기가 거세게 울렸다. 받아보지 않아도 누구에게 걸려온 전화인지 뻔했다.

차장은 숨을 한 번 들이켜 보이고는 수화기를 받아들었다.

"의원님."

차장실에서 몇 시간 동안이나 시달림을 당한 민 검사가 자신의 207실로 돌아와서는 소파에 무너지듯 몸을 기대었다.

계장과 실무관은 눈치만 살피다, 결국은 계장이 자리에서 일어나 민 검사를 찾았다.

"검사님, 혹시 방송 보셨습니까?"

"김 검사 나오는 생방송 말입니까."

"예에, 보셨군요. 지금 형사3부가 그것 때문에 난리가 났습니다. 아까 전만 해도 부장님이 문을 박차고 들어와서 검사님을 찾으셨어요. 검사님이 차장님을 뵙고 있어서 다행히 아무 말씀 없이 돌아가시기는 했는데…… 화가 잔뜩 나셨습니다.

그런데 이걸 다행이라고 해야 할지……."

계장도 심경이 복잡해 보였다. 그만큼 대남이 출연한 '시사 쟁점 토론'은 서부지검에 엄청난 파장을 몰고 왔다.

다들 퇴근할 생각은 하지도 않고, 방금 끝난 생방송 이야기로 서부지검이 시끄러울 지경이었다.

"대단한 친구입니다."

"예?"

"저나 계장님이나 아무리 이십 대라 해도 그렇게 행동할 수 있겠습니까. 수많은 사람이 자신을 바라보는 공적인 자리에 있음에도 검사 선서문에 일컬어지는 정의를 지키기 위해 생방송에 직접 나와 공표를 한 것이 아니겠습니까, 범인을 잡겠노라고."

민 검사는 정말로 대남을 대단하다고 생각했다. 자신이라면 이렇게까지 할 수 있을까, 고개가 저어졌다.

검찰로 처음 발을 내디뎠을 때만 하더라도 당당한 미래를 그린 청사진과 함께 정의와 정직한 삶을 위해 살겠노라 다짐했었다. 하나 채 일 년이 지나지도 않은 시점에 그러한 신념은 꺾이고 말았다. 한데 꺾인 줄로만 알았던 그 신념이 대남으로 인해 다시 일어서려 하고 있었다.

"내일이면 부장이 직접 대남을 호출하겠군요."

"아무래도 그렇지 않겠습니까. 김 검사님의 생방송 발언 때문에 서부지검이 뒤집혔다고 해도 과언이 아니니까요. 그나저나 검사님은 어떻게 하실 생각이십니까?"

"같이 가야겠지요. 그래도 사수인데, 수습 검사 혼자서 독박을 쓰게 만들어서야 쓰겠습니까. 오히려 제가 김 검사에게 배운 것이 더 많은데 말이죠."

계장은 근래 들어 달라진 민 검사의 모습에 놀랐다. 대남의 발언으로 인해 어디까지 징계가 내려질지 모르는 상황이었지만 민 검사의 눈동자는 더 이상 흔들리지 않았다.

"너 이 새끼! 도대체 무슨 정신이야!"

부장이 대남에게 윽박을 내질렀다. 부장의 얼굴은 조금만 건드려도 터질 것처럼 붉으락푸르락해져 있었다. 대남은 자신에게 침을 튀겨가며 언성을 높이는 부장을 똑바로 직시하며 말했다.

"부장님, 제가 방송 출연을 한다고 사전에 말씀드리지 않았습니까. 이게 문젯거리가 될 만한 일인지 잘 모르겠습니다."

"너, 너 이 새끼 뭐라고?! 몰라? 그래도 예사 공부 머리도 아니고 언론에서도 천재라고 추켜세워주기에 예쁘게 보려고 했는데 말이야. 지금 은혜를 원수로 갚아? 방송에 출연해서 했던 말들이 어떤 파장을 몰고 올지는 생각 못 했나!"

"제가 방송에서 했던 말이 거짓말은 아니지 않습니까."

"……!"

부장은 목덜미를 부여잡으며 이맛살을 찌푸렸다. 저에게 와서 방송 허가를 받았을 때는 그래도 녀석이 서부지검에 적응하려고 백방으로 노력하는가 보다 싶었는데, 이제 보니 철저하게 자신을 이용한 꼴이 아닌가. 부아가 치밀어 오르는 부장이었다.

"뭐, 과거 군부정권 시절에나 존재했던 강압 수사라는 병폐가 은평동 살인 사건에서 다시 나타났다고 말하는 그 망언이 거짓이 아니라고? 자네 제정신인가? 또 진범을 알고 있다니, 그건 또 무슨 소리야!"

"말 그대로입니다. 부장님께서도 충분히 알고 계시지 않습니까, 서부지검을 둘러싼 말도 안 되는 사건들 말입니다. 분명 혐의점이 없고 용의자를 특정하기 어려운 사건도 서부지검 관할구역에서 일어났다고 하면 부리나케 해결됩니다. 용의자가 강압 수사를 당하든 폭행을 당하든 상부에선 눈을 감은 채 고개를 돌려 버리죠. 이번 은평동 살인 사건이라고 해서 다르겠습니까."

"뭐, 뭐라고! 뚫린 입이라고 지금……!"

"아직 제 말 다 안 끝났습니다. 그리고 진범을 알고 있다고 말한 것은 정말 알고 있기 때문입니다. 은평동 살인 사건을 재수사하다 보니 다른 용의자들과는 다르게 명확한 특징이 있는 이가 딱 한 명 나타나더군요. 마치 검찰에 비호를 받듯 용의자 물망에서 빠져나가고, 오히려 수사 지휘권을 뒷배에서 조정한 자 말입니다."

"……."

부장은 더 이상 말을 잇지 못했다. 검찰은 위계질서가 강한 곳이며 결속력은 그 어느 집단과 비교할 수 없을 정도로 막강하다. 하나 어느 조직이 그러하듯 파벌은 중요했고 부장은 김대남이라는 젊은 신예를 자신의 라인으로 편입시키는 그럴듯한 계획을 가지고 있었다. 한데, 대남은 애초에 조직에 편성될 수 있는 존재가 아니었다.

"자, 자네 지금 이 사태로 인해 얼마나 많은 서부지검 검사가 문책을 당할지 알고 하는 소린가? 자네가 생방송에서 개인적인 소관으로 내뱉은 한마디 때문에 자칫했다가는 줄지어 징계를 받게 생겼네. 나한테 이렇게 잔소리를 듣는 것으로 끝날 것 같은가! 이제 시작이야, 시작!"

"예, 시작이죠. 하지만 부장님 안전도 장담은 못 할 겁니다."

"뭐야? 지금 감히 날 협박하는 건가!"

부장이 놀라 소리쳤다. 그가 흥분했다는 걸 알려주기라도 하듯 양 볼이 거세게 실룩이고 있었다. 대남은 성난 부장을 향해 나직이 말했다.

"부장님께서 관할구역 내 불법 유흥업소에게 정기적으로 불법 청탁을 받았다는 사실은 이미 알고 있습니다. 물증 수집 또한 끝났고요. 만약 이걸 그대로 검찰에 내부 고발로 투고하지 않고 각종 언론사에 배포하게 된다면 어떻게 될까요? 궁금하지 않으십니까."

대남의 말에 부장의 얼굴이 귀신이라도 마주한 것처럼 시퍼렇게 질려 들어갔다. 부장이 떨리는 입술로 겨우 말문을 열었다.

"그, 그걸 도대체 어떻게……."

"부장님. 저를 도우시겠습니까. 아니면……."

이어지는 뒷말에 부장이 자리에 쓰러지듯 주저앉았다.

"옷을 벗으시겠습니까."

부장에게는 대남의 말이 마치 사형선고처럼 느껴졌다. 주저앉은 그의 얼굴에는 황망한 기색이 역력했다.

검찰 생활을 해오면서 그간 숱한 군상들을 봐왔지만 대남은 도통 감이 잡히지 않는 인물이었다. 검찰 내의 지위와 권력으로 내리누르기에는, 간극이 거의 느껴지지 않을 정도로 대남의 사회적 입지가 무시 못 할 수준이었다.

"내, 내가 어떻게 하면 되겠나."

급히 정신을 차린 부장이 다급하게 외쳤다. 대남이 검사라는 직업에 목매지 않는다 했으니 언론사에 자신의 치부를 배포한다는 것은 겁박이 아닌 사실일 터. 어쩌면 서부지검 내에 가장 무서울 게 없는 이는 검사장이 아니라 바로 대남일 것이란 생각이 불현듯 스쳐 지나갔다.

"부장님께서는 은평동 살인 사건에 대해 얼마나 알고 계십니까?"

"……."

"수사 과정 중에 석연치 않은 점들이 여럿 발견되었습니다. 그럼에도 서부지검 형사3부에선 은평동 사건을 종결하라 민중 검사에게 종용했지 않습니까. 그런데 형사3부의 장이라고 일컬어지는 부장님께서 모르시는 게 과연 말이 될까요?"

대남은 자리에 앉아 편안한 자세를 취한 채 여유롭게 말을 이어나갔다.

은평동 살인 사건에 대해서 재차 묻자 부장의 표정은 시시각각 거무죽죽하게 타들어 갔다. 생방송에서 망언을 내뱉은 대남을 추궁하는 자리였건만, 역으로 자신이 추궁당할 줄은 꿈에도 생각 못 한 듯했다.

"……믿지 못하겠지만 나도 자세히는 모르네. 조필우 차장이 급하게 사건을 종결시키라 하기에 수습한 것뿐이야. 아무리 은평동 사건이 수상하기로서니 이미 용의자가 자백을 한 마당에 대뜸 뒤집어엎을 수는 없는 노릇 아니겠나. 더군다나 차장의 지시가 있었는데 내가 뭘 어떻게 할 수가 있겠는가."

부장은 억울함을 호소하듯 대남을 향해 말하였다. 어느새 단정하게 매듭지어져 있던 넥타이는 엉성하게 풀려 있었고 대남의 손을 마주 잡은 그의 손에서 미약하게나마 느껴지는 떨림이 그가 얼마나 초조한지를 설명해 주고 있었다.

대남은 마주 잡은 손을 떼 내며 말했다.

"부장님께서는 형사3부의 장입니다. 형사3부에서 담당하는 중범죄는 전부 부장님을 거치지 않는 것이 없는데 미심쩍은 점이 한두 가지가 아닌 사건을, 상부의 지시가 있었다는 이유만으로 덮으려 했단 말입니까? 이것이 검사의 도리입니까?"

"자네도 알지 않는가, 검찰이라는 집단이 정의를 부르짖고 정직을 일삼는 것처럼 보이지만 여타의 회사와 다른 점이 없어. 이 안에도 파벌이 존재하고, 라인이 존재하게 마련인데 만약 상부의 명령을 거부했다가는 지금껏 내 자리는 온전할 수 없었을 게야. 이건 검사의 도리를 찾기 이전에 생존 본능일세."

"부장님의 생존을 위해, 용의자 구진철 씨를 벼랑 끝에서 밀어버려도 되는 것입니까?"

"……."

대남의 물음에 부장은 입을 다물 수밖에 없었다. 부장은 미간을 찌푸리더니 힘겹게 입을 뗐다.

"아무리 자네라고 해도 은평동 살인 사건을 재수사할 수 있을 것 같은가. 동부지검에서야 여러 검사가 동조했다고 하지만……."

"은평동 살인 사건은 재수사할 수밖에 없습니다."

"뭐?"

대남은 짐짓 뜸을 들이고는 말을 이었다.

"제가 방송에 왜 나갔겠습니까? 제 발언으로 인해 은평동 살인 사건은 지금 언론의 관심을 받고 있습니다. 혹여나 검경의 강압적인 수사가 자행된 것이 아닌지 재수사를 해야 한다는 국민의 목소리도 커지고 있는 상황이고요. 이런 상황에서 수사를 종결하려고 한다? 도리어 역풍을 맞을 겁니다."

"다시 수사에 들어간들 자네들의 소관을 떠날 수도 있는 일이야. 검찰 상부에서 재수사를 명목으로 다른 검사에게 사건을 일임할 수 있으니까 말이지. 그렇게 된다면 어차피 상부의 입맛대로 수사가 자행될 터이니 사건이 종결됐다고 봐도 무방하지 않나."

"그건 앞으로 부장님이 막으셔야죠."

"……!"

대남의 말에 부장이 매우 놀란 듯 눈이 커졌다.

"그걸 내가 무슨 수로 막는단 말인가!"

부장이 언성을 높이며 손사래를 쳤다.

"상부를 설득할 방법은 많으실 텐데요. 대외적인 여론의 시선 때문에 재수사를 감행했는데 만약 저를 담당 검사 명단에서 제외해 버린다면 문제가 생기지 않겠습니까? 또한 제가 수사에서 강제로 빠지게 된다면 과연 국민들이 가만히 있을지도 의문이군요."

"그건 내 소관이 아니라니까?! 그리고 혹여 차장의 의견에 반기를 들었다가는 자네나 나나 온전치 못해. 자네도 알고 있지 않나, 차장 집안이 어떤 집안인지."

"부장님, 말씀드리지 않았습니까. 못 하시겠으면."

이어지는 뒷말에 부장이 탄식을 내뱉었다.

"옷을 벗으셔야죠."

민 검사는 대남을 주의 깊게 바라봤다. 생방송을 통해 폭탄 발언을 한 이라고는 생각되지 않을 만큼 대남은 여유로워 보였다. 그에 반해 서부지검은 마치 전란을 방불케 할 정도로 각종 민원과 언론의 취재로 몸살을 앓고 있었다.

"부장님한테 호출당했다지. 뭐라고 하시던가?"

"당연히 겁을 주지 않으셨겠습니까. 제가 생방송에 나가서 그랬으니 말이죠."

"겁먹은 얼굴이 아닌데? 오히려 여유로워 보이는 게 태풍의 눈이라는 말이 자네한테 딱 어울려. 부장에게 호출을 당했다는 소식을 듣고 내심 기가 죽어오면 어떡하나 싶었는데 이토록 당당하니 내가 더 놀랍군."

민 검사는 더 이상 대남을 수습 검사라고 생각하지 않았다. 동부지검에서부터 웬만한 검사들은 찜 쪄먹을 만큼 뛰어난 이라는 것은 알고 있었지만 이토록 대단한 모습을 보일지는 상상조차 못 했다.

민 검사는 자세를 고쳐 앉고 진지한 얼굴로 말을 이어나갔다.

"부장은 시작일 테고, 앞으로는 차장 그 위에 있는 검사장님까지 자네를 들볶으려고 할 걸세. 지금 당장에야 언론의 시선이 있으니 어떻게 바로 징계를 내리지는 못할 테지만 언론이 잠잠해지면 좌천을 당하는 것은 물론이고, 앞으로 법조계 생활이 어려워질지도 몰라."

"검사님께서는 괜찮으시겠습니까?"

"나야 뭐, 자네를 수습으로 맡았을 때부터 정해진 운명 아니었겠나."

대남의 당당한 모습에 민 검사도 더 이상 좌천을 두려워하지 않았다.

물론 그 이면에는 대남을 전폭적으로 믿는다는 신뢰가 있었기에 가능한 일이었다. 대남은 그 신뢰에 보답이라도 하듯 입을 열었다.

"은평동 살인 사건의 재수사가 이뤄지게 된다면 다른 검사로 이관되는 일 없이 우리 207실이 다시 맡게 될 겁니다. 여론도 여론이지만, 이번 기회에 부장을 확실히 이용할 수 있으니 문제없을 겁니다."

"부장님을……?"

민 검사의 되물음에 대남은 대답 대신 입가에 얕은 미소를 지어 보였다.

민 검사는 대남이 어떻게 부장을 구워삶았는가보다 이 모든 일을 담담하게 진행하는 담력에 더욱 놀라워했다.

"앞으로 어떻게 할 생각인가. 은평동 살인 사건을 재수사한다고 해도 이미 웬만한 물증들은 전부 없애 버렸을 텐데 말이야."

"그렇겠지요. 진범이 바보가 아닌 이상, 가짜 범인을 만드는 것에 그치지 않고 자신의 죄가 드러날 만한 증거들도 모두 없앴을 겁니다."

"골치 아프군, 용의자 구진철이 이제 와서 범인이 아니라고 강압에 의한 자백이었다고 법정에 진술을 번복한들, 법관이 그 말을 받아들여 줄 리 만무하니."

은평동 살인 사건은 이미 초동수사부터 용의자 구진철을 범인으로 내정하고 시작한 사건이나 다름없었다. 그렇기에 더 이상 진범에 대한 정보가 경찰과 검찰에 남아 있지 않다고 봐도 무방했다.

민 검사는 머리를 부여잡고 깊은 고민에 빠졌다. 반면 대남은 아직까지도 여유로운 자세를 고수하며 입가에 미소를 머금은 채 말을 이었다.

"그렇게 고민하실 필요 없으십니다. 지금 가장 초조한 게 누구일 것 같습니까?"

"초조한 사람……?"

"은평동 살인 사건은 이미 검찰에서 수사 종결 막바지에 다다랐던 사건입니다. 그런데 갑작스레 수사를 맡은 담당 검사가 생방송에서 강압에 의한 수사였다고 폭탄 발언을 해버린 상황입니다. 말미에는 제가 범인이 누구인지 알고 있다는 말까지 해버렸지요. 지금 가장 초조해야 할 사람은 다름 아닌 바로 진범입니다."

대남의 말에 민 검사는 절로 굵은 침방울을 목구멍 아래로 삼켰다.

"은평동 살인 사건은 전면적으로 새로운 국면을 맞이할 겁니다. 여론이 시끄러우니 제아무리 상부라고 할지라도 쉽사리 덮지는 못하겠죠. 또한 분명 아직까지 없어지지 않은 증거들이 존재합니다."

"존재한다니, 그건 무슨 말인가? 자네도 좀 전에 동의하지 않았나, 진범이 증거들을 없앴을 가능성에 대해."

"죽은 자는 말이 없다지만, 사체는 분명 말하고 있었습니다. 사망 후에 또 다른 훼손을 당했다고 말이죠."

대남의 말에 민 검사는 절로 일전에 보았던 피해자의 사체가 머릿속에 떠올랐다. 분명 사체에는 수상한 부분이 한두 가지가 아니었다. 하나 벌써 시일도 꽤 많이 흐른 데다 부검을 끝마친 시신은 유족 측에서 이미 화장을 했다고 들었다.

"이미 화장을 마쳤다고 들었는데 그걸 뒤집을 수가 있겠나."

"검사님께 미리 말씀을 드리지 못해 죄송하지만, 부검소를 다녀온 그 날 바로 국과수에 연락해 법의학자의 소견을 요청했었습니다. 담당 수사권을 가진 검사였으니 가능한 일이었겠죠. 그 덕분에 피해자의 사체 사진과 상세한 소견은 저희 쪽에 남아 있습니다."

"……!"

사건이 너무나도 급박하게 흘러가 민 검사는 은평동 살인 사건에 대해 제대로 수사할 생각을 가지지 못하고 있었다. 대남이 생방송에 나와 폭탄 발언을 하고 난 뒤에는 거기에 정신이 팔려 피해자의 사체에는 신경 쓸 겨를도 없었다. 그런데 수습 검사인 대남은 자신보다 발 빠르게 모든 경우의 수를 생각하고 손을 써놓았다.

"증거는 명백하게 남아 있습니다. 진범은 서부지검을 마치 제 손바닥 위에서 가지고 놀듯이 살인 사건을 조작한 인간입니다. 살인 사건의 증거들을 훼손하기에 가장 적합한 곳이 어디겠습니까?"

"설마……."

민 검사는 차마 말을 잇지 못하고 말꼬리를 흐렸다. 대남은 짧게 고개를 끄덕여 보이고는 말했다.

"사건을 담당했던 서부지검이겠지요."

"……!"

"진범은 갑작스레 사건이 다시 재조명을 받고 전격적인 재수사가 이뤄질 것을 짐작하고는 심히 당황했을 겁니다. 제아무리 사건 조작을 했다고는 하나, 인간이기에 완벽한 범죄는 있을 수 없으니까요."

"사건을 또다시 조작하려 들겠군."

"그렇습니다. 범행을 조작한다는 것 그 자체만으로도 중대한 범법 행위긴 하나, 이미 한 번 저질렀는데 두 번이라고 못하겠습니까? 은평동 살인 사건에 대해 재조사가 이뤄지면 분명 자신에 대해 수사망이 좁혀질 것을 예상하고 있을 테니 말이죠."

대남의 말마따나 진범은 초조할 것이며, 당황스러워하고 있을 것이다. 생방송 중에서 대남이 했던 말은 검찰 역사상 전무후무할 정도로 파격적인 발언의 연속이었기 때문이다.

은평동 살인 사건이 강압 수사라는 병폐 아래에서 수사되었다고 했으니, 여론이 지켜보는 가운데 재수사가 얼마나 철저하게 이뤄질지 짐작했을 터였다.

"이제 곧 있으면 올 겁니다."

"누가 말인가?"

"진범은 분명 서부지검으로 다시 연락을 취했을 겁니다. 생방송 중에 평검사 하나가 갑자기 폭탄 발언을 해버리고 지금쯤이면 분위기가 심상치 않게 돌아가고 있다는 걸 알아차렸을 테니, 서부지검에 존재하는 자신의 개에게 연락을 취했을 겁니다. 어서 빨리 그 녀석의 입을 다물게 하라고 말입니다."

대남의 말이 끝나기 무섭게 집무실 문 너머로 노크 소리가 들려왔다. 실무관이 다급한 목소리로 말했다.

"검사님, 차장님께서 급히 호출하셨습니다."

그 소식을 들은 대남이 씨익 웃어 보이며 말했다.

"드디어 개가 왔군요."

차장의 모습은 지옥불의 야차와 같았다. 얼마나 화가 난 것인지 부들부들 떨리는 모습이 눈에 보일 지경이었다.

차장이 자신의 앞에 기립해 있는 민 검사와 대남을 번갈아 노려봤다. 자연히 그의 눈동자는 이 모든 일의 화근이라 할 수 있는 대남에게 치우칠 수밖에 없었다.

"생방송에 나가서 검찰이 강압 수사를 자행했다고 말했다지. 김대남, 넌 자신의 직책이 무엇이라고 생각하나?"

"서부지검 형사3부 소속 검사입니다."

"그걸 아는 새끼가 그래?!"

차장의 고함이 집무실 안을 쩌렁쩌렁하게 울렸다.

눈치를 살피던 차장실의 비서가 혼비백산한 표정으로 어쩔 줄 몰라 했다.

항상 아랫사람들 앞에서는 정적인 분위기를 고수하던 차장이 이토록 화가 난 것은 서부지검에서 오랫동안 근속한 그들로서도 처음 보는 일이었다.

이쯤 되면 대남의 기가 죽을 만도 하건만, 되려 차장을 향해 물었다.

"검사니까 그렇게 말할 수 있는 거 아니겠습니까, 차장님께서는 서부지검의 수뇌부 중 한 분이시기도 하지만 그 이전에 검사 아닙니까, 분명 수사가 잘못되었는데 그걸 방관하는 것이 검사 된 이로서 할 도리입니까."

"뭐!"

"오히려 칭찬을 해주셔야 맞는 것 아닐까요? 상부의 실수를 부하 직원이 솔선수범해서 바로잡은 일인데 말입니다. 이대로 은평동 살인 사건이 수사 종결 되었다면 피해자의 죽음에 대한 진실은 세월이라는 미명 아래 영영 묻혔을 겁니다."

"허."

차장은 기가 차서 말이 제대로 나오지 않았다. 일찍이 웬만한 어조로는 겁을 먹지 않는 놈이라는 것은 익히 알고 있었지만 이 정도일 줄은 몰랐기 때문이다.

차장은 대남을 노려보며 다시 한번 더 언성을 높였다.

"지금 네가 생방송에 나가 헛소리를 지껄인 덕분에 검찰이라는 집단의 근간이 뒤흔들렸다는 것을 알고 있나. 오로지 자신의 주관적인 고집을 신념이라 믿고 행하는 이들을 꼴통이라고 부르지, 네가 자초한 행동 하나하나가 쌓이고 쌓여 주변 사람들에게 피해를 끼칠 거라고는 생각해 보지 못했나."

"전 아직도 이해가 되지 않는군요. 제가 한 말로 검찰의 근간이 뒤흔들렸다고 하시는데, 어떠한 근간을 말씀하시는 겁니까. 강압 수사를 자행하는 것이 검찰의 뿌리에까지 연관이 되어 있다는 것을 말하고 싶으신 겁니까?"

"……!!"

대남의 말에 민 검사가 눈을 부릅떴다. 대남은 한 치의 망설임도 없이 차장에게 대꾸하고 있었다.

수습 검사와 차장검사 간의 대화라고는 믿기지 않을 정도로 웬만한 담력으로는 시도조차 못 해볼 말이었다. 차장은 민 검사를 향해 고개를 돌리고는 말했다.

"이번 일이 끝나면 둘은 지방으로 발령받을 줄 알아."

"차장님!"

"네놈들이 먼저 자처한 일이야, 뭐? 서부지검의 강압 수사로 인해 전면적인 재수사를 벌여야 한다고? 한번 해봐. 뭐라도 나오는 게 있을 줄 알고? 내 장담하지, 은평동 살인 사건에 대한 수사가 끝나는 날 너희들 검찰 생활은 종지부를 찍을 거다!"

차장은 짐짓 으름장을 놓았다. 그의 찌푸려진 이맛살 아래로 치켜진 눈동자는 승리를 확신하는 듯 의기양양해 보였다.

"뭐라도 나오는 게 있을 줄 아냐고 하시는 것 보니, 이미 준비를 끝마치신 모양입니다."

"……!"

"차장님의 말대로 은평동 살인 사건에 대해 전면적인 재수사를 벌였는데도 별다른 특이점을 발견하지 못한다면 담당 수사관이었던 제가 그 책임을 지고 검찰에서 물러나겠습니다."

"뭐? 검찰에서 물러난다고?"

"그쯤은 해야 하지 않겠습니까. 남자라면 한번 내뱉은 말의 무게에 합당한 책임을 져야 하는 법이지요. 그런데 말입니다."

대남은 차장을 유심히 바라보며 말을 이었다.

"만약 은평동 살인 사건에 대해 뭔가 나온다면 그땐 어떻게 하시겠습니까?"

"……."

"차장님도 지금의 자리에서 물러나실 건가요."

"……!"

차장이 미간을 좁게 하며 눈을 부라렸다.

"지금 네가 한 말에 책임질 수 있겠나? 만약 초동수사와 별다른 점이 발견되지 않으면 검찰에서 물러나겠다는 말 말이야. 그리고 이건 민 검사 자네에게도 해당되는 사안이야."

"……!"

"만약 제가 그렇다고 한다면, 차장님께서도 제 말에 동의하시는 겁니까."

민 검사는 갑작스레 불거진 대남과 차장의 이야기에 머리가 복잡해졌다. 혹여 일이 잘못되어도 좌천으로 끝날 줄 알았던 일이 더 나아가 검찰 생활의 종지부를 찍게 될지도 모른다는 사실에 절로 식은땀이 흘렀다.

차장은 대남의 호언에 입가에 비릿한 미소를 짓고는 말했다.

"두고 보지, 한번 설쳐봐."

민 검사는 대남과 차장 사이에서 오가는 대화 중 한마디도 제대로 끼어들지 못한 자신이 책망스러웠다. 차장의 기에 압도되어 저도 모르게 입을 다물게 된 것이었다.

하나 이제 막 검찰청에 발을 들인 대남은 차장의 기에 압도되기는커녕 도리어 차장을 압박하며 대화를 이어나갔다.

민 검사는 고개를 들어 대남을 바라보며 말했다.

"이제 방아쇠는 당겨졌군. 자네 말대로 상부에서도 담당 수사권을 이관시키는 일은 하지 않을 모양인가 봐. 은평동 살인 사건에 대해 문제를 제기한 207실에서 시작과 끝을 모두 보겠다는 말이겠지."

"공식 발표는 어떻게 하시겠습니까."

"기자들이 하루가 멀다고 서부지검을 찾아오니 공식 발표를 하는 것은 맞지만, 상부에서 그걸 허할지 의문이야. 오히려 공식 발표 없이 암묵적으로 재수사에 임해줬으면 하는 것 같으니 말이야."

"공식 발표 허가는 이미 내려진 것이나 마찬가지입니다. 차장이 직접 저희의 재수사를 허가했으니 말이죠. 이로써 이제 더 이상 서부지검의 상부는 저희 편이 아니게 됐습니다."

"검찰이, 같은 편이 아니라……."

민 검사는 회의감이 깃든 표정으로 말꼬리를 흐렸다. 대남은 그를 바라보며 단호히 말했다.

"공범이라 생각하고 수사를 진행하는 게 옳겠지요."

- 2장 -
서부지검의 비밀(4)

서부지검에서 열린 기자회견장 안은 삽시간 만에 시사부 기자들로 들어찼다. 평소 검찰에 자주 출입하던 기자들뿐만 아니라 서울 전역에 자리한 기자들 또한 빼곡히 자리한 듯했다.

　생방송 '시사 쟁점 토론'을 통해 대남이 밝힌 내용은 가히 충격 그 자체였고, 또 한 번의 이슈를 불러일으켰다. 금일 서부지검 기자회견장을 찾은 기자들의 얼굴에는 특종을 찾으려는 열망이 가득했다.

　"들어온다."

　어느 기자 한 명의 말로 인해 수군거리던 기자들이 이목이 어딘가로 일제히 쏠렸다.

　기자회견장의 문이 열리고 대남이 단상 위로 걸어 올라갔다. 시보 시절 이미 대대적인 기자회견을 연 적이 있다 하더라도 대남에게선 일말의 떨림도 보이지 않았다. 이벤트 기자회견 장이 제집 안방처럼 오히려 편안해 보이기까지 했다.

"안녕하십니까. 은평동 살인 사건에 대해 브리핑을 맡은 서부지검 형사3부 검사 김대남입니다. 금일 이 자리에 기자님들을 소집한 까닭은 재수사를 시작하기에 앞서 언론에서 제기한 의문점들을 해소시키기 위해서입니다."

대남의 한 마디 한 마디에 기자들이 절로 침을 삼켰다.

"생방송 중에 말씀드린 대로 은평동 살인 사건은 아직 밝혀지지 않은 의문점이 많은 사건입니다. 피해자의 사체가 제대로 법의학적 검시를 받지 못했다거나, 초동수사 결과 용의자로 선정된 피해자의 전 남자 친구 구 모 씨에 대한 검경의 강압 수사가 이루어졌다거나 등의 일들은 분명 수사상의 혼선을 주었다고 생각합니다."

"김대남 검사께서는 용의자에 대한 검경의 강압 수사가 있었다고 말씀하셨는데, 어떤 점을 보고 확신할 수 있는 것입니까?"

"용의자 구진철은 피해자가 살해되던 날 밤 본인의 직장이 자리한 대구에 있었습니다. 결정적으로 그 알리바이를 뒷받침해 줄 만한 목격자들과 함께인 모습이 자정 무렵 공단 내 비치된 첨단 CCTV에 찍힌 것을 확인했습니다."

"……! 초동수사에서는 CCTV를 확인하지 못했다는 말입니까?"

"아닙니다, 분명 초동수사에서도 CCTV 속 구 모 씨의 모습을 확인했습니다. 다만."

대남은 잠깐 뜸을 들였다. 기자들의 시선이 일제히 대남에게로 향했다. 그들은 손에 쥔 수첩과 볼펜에 힘을 주고는 대남의 입에서 어떠한 말이 튀어나올지 기다리고 있었다.

대남은 CCTV 영상이 인화된 사진과 구진철의 모습이 찍힌 사진을 동시에 들어 보이며 말했다.

"초동수사 결과, 검찰에선 CCTV 속 남자를 구진철 씨가 아니라 판단하였습니다."

"……그, 그게 무슨 말입니까? 얼핏 보기에도 사진 속의 남성은 용의자와 동일 인물처럼 보이는데 말입니다."

"그게 저도 의문입니다. 왜 검찰에선 동일 인물이 아니라고 판단했을까요?"

대남의 말이 끝나자마자 기자들은 특종거리를 찾았다는 듯이 눈을 빛냈다. 여기저기서 카메라 셔터 터지는 소리가 들려왔다.

대남이 기자들에게 보인 두 장의 사진은 분명 서로 동일 인물처럼 보였다. 대남은 기자들의 의혹에 확신을 주듯 말을 이었다.

"설령, 용의자 구 모 씨가 용의주도하게 자신과 비슷하게 생긴 남성을 섭외해 일부러 범행이 벌어진 시각에 CCTV에 잡히게끔 만들었을 수도 있습니다. 하지만 그렇다 해도 이해되지 않는 점이 또 있습니다."

"무엇이……?"

"용의자 구진철이 현재까지 미결수 신분으로 수감되어 있는 이유는 그의 자백이 컸습니다. 검찰에서 용의점을 찾았다기보다 오히려 그의 자백으로 인해 그 죄가 여실히 드러나게 된 꼴입니다. 만약 용의주도하게 범행을 준비했다면 왜 굳이 자백을 했을까요? 앞뒤가 맞지 않습니다."

대남의 말이 이어질수록 애당초 언론에 밝혀졌던 은평동 살인 사건에 대한 수사 결론의 아귀가 맞지 않는다는 것이 점차 드러나고 있었다.

기자들은 놀라움을 머금은 가운데 대남을 향해 질문을 가했다.

"현재까지 김대남 검사님이 브리핑한 내용대로라면 구치소에 수감 중인 용의자는 진범이 아닐 가능성이 상당히 높아 보이는데요. 만약 초동수사 시 용의자에게 강압 수사가 이뤄졌다면 그 이유는 무엇이겠습니까?"

"강압 수사를 통해 선량한 시민에게 누명을 씌웠다면 이유를 불문하고 범죄행위 아니겠습니까."

"……!"

"초동수사의 실수였는지도 모르지요. 다만, 모든 범법 행위를 조사하는 데 있어 철두철미해야 하며 잘못된 점이 있으면 바로잡으려 노력해야 하는 것이 공직자의 자세입니다. 하나 정의를 바로 세우기 위해 노력하는 검찰이 그런 실수를 해서야 될까요?"

대남의 발언에 기자들은 눈을 크게 뜨고, 수첩에 취재 내용을 재빠르게 적어 내려갔다.

은평동 살인 사건은 본격적인 재수사의 국면을 맞이하게 되었고, 그 수사권을 잡은 검사가 김대남이라는 검찰 역사상 전무후무한 스타검사였으니 세간의 관심이 얼마나 뜨거울지 짐작을 못 할 정도였다.

"은평동 살인 사건을 재수사하게 되었는데, 현재 수사권을 맡은 김대남 검사께서는 어떠한 점을 중점적으로 수사하실 계획이십니까?"

"피해자의 인과관계에 대해 재조사할 예정입니다."

"인과관계요?"

"사망한 피해자와 연루된 지인, 가족들을 전면적으로 재소환해 취조를 할 것입니다. 진범은 분명 피해자와 용의자 구 모씨의 관계를 면밀히 꿰뚫고 있는 자이며 피해자의 근처에서 왕왕 모습을 드러냈을 확률이 높습니다. 그렇지 않고서야 치밀하게 누명을 씌울 수 없었을 테니 말이죠."

"첫 번째로 소환하시는 인물이 누구인지 물어도 될까요?"

기자의 물음에 모두가 숨죽였다.

대남은 적막감이 흐르는 가운데, 담담하고도 날카로운 어조로 말했다.

"피해자의 친부, 국회의원 서진철 씨입니다."

기자들의 눈이 휘둥그레졌다. 검찰 조사를 위해 첫 번째로 소환할 인물이 다름 아닌 피해자의 친부, 국회의원 서진철이었기 때문이다.

국회의원이라는 직업적인 특성 때문일까, 유족들은 사건이 확대되는 것을 이전부터 꺼리는 듯도 했다.

그때 기자 중 누군가가 급하게 손을 들어 보였다.

"은평동 살인 사건은 초동수사 결과로 용의자가 체포된 직후, 유족 측에서 더 이상의 수사 확대는 원치 않는다고 밝혔는데 혹시 이와 관련해서 하실 말씀은 없으십니까?"

"애당초 유족 측에서 수사 확대를 원치 않는다고 한 것은 이미 알고 있습니다. 아무래도 친부의 직업적인 특성상 불미스러운 사건이 더 이상 사람들의 입방아에 오르락내리락하는 것이 불편해서겠죠. 하나, 본 사건은 명백한 살인 사건입니다."

대남은 잠시 뜸을 들이고는 계속해서 말을 이었다.

"초동수사에서 밝혀졌던 혐의점들을 전부 재조사할 필요가 있습니다. 현재 구치소에 수감 중인 용의자 구 모 씨의 무혐의가 드러나게 될 경우, 앞서 수사했던 결과물들은 전부 불필요한 쓰레기에 불과해지기 때문이죠."

"……!"

"그 말인즉, 이번 주변인들의 재소환은 일반적인 수사가 아닌 다른 목적을 염두에 뒀다고도 볼 수도 있는 겁니까?"

기자 중 누군가 조심스럽게 말을 꺼냈다. 아무래도 피해자의 친부가 현직 국회의원이다 보니 기자들의 질문마저도 다른 때와는 다르게 침착해질 수밖에 없는 모양이었다.

대남은 기자의 물음에 짧게 고개를 끄덕여 보이며 말했다.

"초동수사에서부터 용의자가 체포되어 빠른 시간 내에 자백을 했기 때문에 주변인들의 진술 자체가 어떻게 보면 목격자 시점에서 이뤄졌다고밖에 볼 수 없습니다. 그렇기에 은평동 살인 사건이 전면적인 재수사 과정을 거치면서 이루어질 주변인들의 재소환은 단순한 참고 조사만은 아닙니다."

"그, 그렇다면 첫 번째 소환 대상으로 피해자의 친부가 선택된 이유는 뭡니까?"

"앞서 밝혔다시피 초동수사에서 수사되었던 모든 내용은 삭제되었다고 봐도 무방합니다. 재수사를 시작했기에, 용의 물망 또한 보다 광범위하게 변동될 수밖에 없었습니다. 그래서."

기자들은 대남의 말이 이어질수록 손에 힘을 주고는 수첩에 글씨를 빼곡히 적어 내려갔다. 대남의 한 마디 한 마디가 곧

특종이었기에 당연한 일이었다.

이윽고 이어지는 뒷말에 기자들이 자리에서 벌떡 일어났다.

"곧 검찰 조사를 위해 소환될, 국회의원 서진철 씨가 바로 용의자 중 한 명이기 때문입니다."

서부지검은 폭풍전야라는 말이 어울릴 정도로 살얼음판을 걷는 듯한 분위기였다.

대남의 기자회견이 있었던 뒤 수많은 언론이 앞다투어 은평동 살인 사건에 대해 보도했다. 민 검사는 손에 들린 신문을 읽어내려가다 고개를 들어 대남을 바라봤다.

"김 검사, 넌 긴장도 안 되냐."

대한민국의 이목이 대남에게 집중되었다고 해도 과언이 아니었다. 더불어 검찰 내에서는 이미 대남의 그림자에 이단아라는 낙인이 찍혀 있었다.

수습 검사가 감당하기에는 말도 되지 않을 정도로 엄청난 압박이었을 테지만, 대남은 언제나 그렇듯 여유로운 자세를 고수했다.

"긴장할 이유가 있겠습니까? 기자들 앞에서 브리핑하는 거야 이미 여러 번 해봤던 일입니다. 그리고 긴장해야 할 사람은 검사인 제가 아니라 바로 진범이겠지요."

"자네는 정말 못 당해내겠군, 어떨 때 보면 김 검사 자네가 정말 수습 검사인가 싶어. 웬만한 평검사들조차도 어려워하는 서부지검에서 이토록 빨리 적응할지는 상상도 못 했으니 말이야. 그것도 다른 이들과는 비교 불가하게 말이지."

민 검사는 감탄하며 기사를 마저 읽어 내려갔다. 자신이라면 그 많은 기자 앞에서 그토록 당당히 의견을 피력할 수 없었을 것이다. 하지만 대남은 한 치의 망설임도 보이지 않은 채 오히려 녹록하지 않은 기자들을 압도해 나갔다.

민 검사의 눈이 자연히 신문 말미에 담긴 글귀에 시선이 쏠렸다.

[국회의원 서진철⽈ 본인의 자식과 관련된 사건을 들쑤시는 평검사의 태도가 심히 마음에 들지 않습니다. 이제는 저보고 용의자 중 한 명이라고 합니다. 자식 잃은 부모가 이 말을 도대체 어떠한 감정으로 받아들여야 한다는 말입니까!]

감정에 호소하는 듯한 기사는 국회의원 서진철의 사진까지 담겨 있었다. 민 검사는 신문을 대충 접어 내려놓았다.

"자신은 용의자가 아니다? 아예 대놓고 국민들의 감정에 호소하는구만."

민 검사의 말에 대남이 고개를 저어 보였다.

"강한 부정은 강한 긍정이라고 하지 않습니까."

대남은 고개를 내려 낡은 손목시계를 바라봤다. 이재학 교수의 시계는 여전히 대남의 손목 위에서 바지런하게 초침을 움직이기 바빴다.

잠시 후 시침이 오후 3시를 가리키자, 대남이 자리에서 일어났다.

"이제 사건의 진실을 확인해 볼 시간입니다."

국회의원 서진철은 잔뜩 화가 난 표정으로 검찰 조서실에 앉아 있었다. 퀴퀴하고 습한 냄새만 없을 뿐이지, 사방이 어둡고 가운데 철제 테이블과 의자만이 놓여 있다는 점이 골방과 별다른 점이 없는 곳이었다.

그 순간, 조서실의 문이 열리며 대남이 들어섰다. 대남은 테이블 위에 사건 파일을 소리 나게 내려놓으며 말했다.

"은평동 살인 사건을 맡은 검사 김대남입니다. 서진철 씨 본인 맞습니까?"

대남의 등장에 서진철의 눈꼬리가 치켜 올라갔다. 정장을 차려입은 그는 팔짱을 낀 채로 대남을 노려보고 있었다.

한참이나 말이 없던 그가 불쑥 내뱉은 첫마디는 명백한 협박 그 자체였다.

"자네, 이러고도 무사할 것 같나."

서진철은 그동안 국회에서 쌓은 관록을 보여주듯, 검사인 대남을 마치 아랫사람 바라보듯 내려 보고 있었다. 대남은 서진철의 시선에도 아랑곳하지 않고 등받이에 몸을 기대며 말했다.

"그 태도 괜찮겠습니까? 아직 상황 파악이 안 되나 본데 당신은 지금 용의자 신분으로 여기 와 있는 겁니다."

"……!"

한평생 남에게 하대를 들어본 적이 없는 서진철로서는 이제막 수습 딱지를 떼려는 햇병아리 검사에게 당신이라는 말을 들은 것 자체가 충격으로 느껴지는 듯했다. 서진철의 얼굴이 붉으락푸르락해지더니 기염을 토했다.

"나 국회의원 서진철이야. 감히 평검사 나부랭이 따위가 내가 누군 줄 알고 그렇게 막 나가는 건가. 잘 마무리된 수사를 유족의 뜻과 상관없이 들쑤셔? 그것도 모자라서 날 보고 용의자 중 한 명이라고? 자네 검찰 생활이 끝나는 것이 두렵지도 않나 보지!"

"참으로 이상하지 않습니까?"

"뭐가 어쩌고 어째?!"

대남은 서진철을 바라보며 턱을 비스듬히 괴었다.

"무려 자식이 살해당한 사건입니다. 또한 사망 이후 발생한 것으로 추정되는 구타와 개수를 헤아릴 수 없을 만큼 무자비하게 낭자된 자상이 온몸을 가득 뒤덮고 있었습니다. 당연히 부모 된 마음으로는 수상한 점이 가득한 사건의 재조사라면 두 발 벗고 나서지, 거부하지는 않을 텐데 말이죠."

"……이미 범인이 잡혔는데 무슨 재조사를 해! 재조사를 한다고 해서 네놈이 뭐라도 찾아낼 수 있을 것 같은가!"

"신기하네요, 방금 한 말을 똑같이 한 사람이 있거든요."

"……!"

대남은 눈을 부릅뜬 서진철을 직시하며 말했다.

"궁금하신 모양인데 서부지검의 조필우 차장검사였습니다. 제가 재수사를 한다고 하니, 찾아낼 게 없을 거라고 호언장담하더군요. 지금의 당신처럼 말이에요. 마치 이미 모든 증거가 다 사라졌다는 것을 자신이라도 하듯이 말이죠."

"……."

기차 화통이라도 삶아 먹은 듯 화를 내던 서진철의 모습은 온데간데없고 어느새 말수가 줄어 있었다. 그의 얼굴에는 굵은 땀방울이 흘러내렸고, 이맛살은 거세게 찌푸려져 있었다. 대남은 그 모습을 바라보며 말을 이었다.

"오늘 제가 서진철 씨를 소환한 진의를 알고 있습니까."

"내 딸이 죽던 날 밤, 내 알리바이는 이미 입증됐어. 자네의 허무맹랑한 추리를 듣고 있자고 내 귀한 시간을 낭비하는 게 아니라 안타깝게 죽어버린 내 딸을 위해서 쓰고 있는 것이니 내 신경을 더 이상 건드리지 않는 게 좋을 게야!"

"알리바이 따위나 다시 듣겠다고 부른 것이 아닙니다."

"뭐?"

"알리바이는 얼마든지 조작할 수 있겠죠. 당시 서진철 씨를 목격했던 이들 전부가 서진철 씨와 연관이 있는 전속 보조관이었고 그들에게 있어 서진철 씨는 대통령보다도 더 막강한 영향력을 행사할 수 있는 관계가 아닙니까."

"……!"

대남은 초동수사 결과 드러난 서진철의 알리바이 자체를 믿지 않았다.

국회의원이라는 지위 특성상 사람을 매수하는 것은 그 무엇보다도 쉬웠을 터였다. 국회의원이기 이전에 오랫동안 지역 유지로 통했던 그였기에 관할구역에서 그에게 반기를 들 수 있는 사람은 찾아보기 힘들 정도였다.

"저는 사건이 벌어졌던 그 날 밤의 알리바이를 듣고 싶은 게 아닙니다. 사건이 벌어지고 난 뒤 당신이 보인 행동에 대한 이유를 듣기 위해서 이 자리에 불러낸 것이죠. 평소 피해자의 전 남자 친구인 구진철 씨와 연락을 하던 사이였습니까?"

서진철은 잔뜩 화가 난 표정이었다. 하지만 이미 언론에서 은평동 살인 사건을 집중하고 있었고 그 이목은 자연히 자신에게도 쏠려 있었다. 여기서 자리를 박차고 나가봤자, 손해 보는 것은 자신 쪽일 터였다.

결국 굳게 닫혀 있던 서진철의 말문이 열렸다.

"내가 그놈하고 연락할 이유가 무에 있겠나? 차장이 자네 이러는 걸 알고 있나? 요즘 검사들은 너무 겁이 없어. 과거에만 하더라도 상부에서 내려오는 하달은 칼을 재듯이 지켰는데 말이야. 자네 같은 반골 기질 가득한 검사들이 언젠가는 사고를 치는 법이지."

혀를 차는 서진철을 향해 대남이 나직이 물었다.

"서진철 씨, 당신은 구진철 씨와 연락을 했습니다. 분명."

"헛소리하지 마."

"용의자 구진철 씨는 구치소에 수감 된 이후에 갑작스레 진술을 번복했습니다. 한데 우연인 건지, 진술을 번복한 시기가 구진철 씨 어머니의 대학병원 수술비가 입금되고 난 후였죠. 수술비가 없어 어머니가 전원 되기 직전이었습니다. 궁금하지 않습니까? 그 엄청난 돈이 갑자기 어디서 생겨난 것일지."

대남의 말에 조서실에 적막감이 감돌았다. 서진철의 얼굴에는 긴장한 기색이 역력했다.

"수술비를 입금한 통장을 역추적해 보니 차명 계좌였습니다. 수천만 원에 달하는 수술비를 자신의 신분을 속이면서까지 후원할 마음씨 좋은 사람이 누구였을까요. 그리고 아십니까? 대한민국에서 차명 계좌를 가장 잘 활용하는 이들이 누구인지."

"……"

"정치 비자금이라는 말 들어보셨지요."

"……!"

대남은 히죽 웃어 보였다. 서진철에게 대남은 더 이상 가소로운 평검사로 느껴지지 않았다. 서진철이 대남을 매섭게 노려보며 언성을 높였다.

"자네 지금 하고 싶은 말이 뭔가? 난 죽은 내 딸의 아버지야. 자식을 잃은 부모 앞에서 할 말이 있고 못할 말이 있는 거지. 지금 자네는 선을 넘어도 한참 넘었어. 내 오늘 이 수모를 좌시하지만은 않을 걸세."

대남은 서진철의 으름장을 들으며 담담히 고개를 끄덕여 보였다.

"검찰에선 이런 말이 있습니다. 증거는 언제나 현장에 남게 마련이고, 현장에서 사라진 증거는 언제나 범인이 가지고 있게 마련이라고 말입니다. 진범은 자기 딴에야 철두철미하게 뒤처리를 끝냈다고 생각했겠지만 착오입니다. 서진철 씨, 제가 아무것도 없는 상태에서 심증만으로 이러는 것 같습니까?"

증거라는 말에 서진철의 얼굴이 시퍼렇게 질려 들어갔다. 대남은 그를 향해 자세를 앞당기고는 물었다.

"왜 죽였습니까, 그녀를."

서진철이 자리에서 벌떡 일어났다.

그의 얼굴은 형용할 수 없을 정도로 일그러져 있었다. 그것이 분노에 의한 것인지, 억울함에 의한 것인지, 슬픔에 의한 것인지 알 방도는 없었다.

서진철은 곧장 검지를 들어 대남에게 가리키며 거세게 외쳤다.

"내, 내가 딸을 죽였다고? 무슨 말 같지도 않은 소리야!"

대남은 서진철의 고성에도 몸을 의자에 기댄 채 말을 아꼈다. 그 모습에 바짝바짝 속이 타들어 가는 것은 다름 아닌 서진철이었다. 증거가 있다고 말을 했을 때부터 그의 얼굴에는 당황하는 기색이 역력했다. 대남은 고개를 들어 서진철을 바라보며 말문을 열었다.

"피해자는 교살당해 사망한 후, 몸 여기저기에 자상이 남겨졌습니다. 마치 교살이 아니라 자상에 의해 살해당한 것처럼 꾸미려는 듯 말이죠. 그렇다고 계획적인 살인이라 치부하기에는 어설픈 점이 많았습니다. 만약 계획적이었다면 먼저 구진철 씨를 서울로 끌어들인 다음 실행했겠지요."

"……."

"우발적 살인이었을 겁니다. 모종의 이유로 피해자와 말다툼을 벌이다 홧김에 죽여 버렸고, 그 후에 정신을 차린 범인이 죄를 면피하기 위해 머리를 굴렸겠죠. 그 증거로 피해자의 사체에서 발견된 자상의 흔적들을 본 법의학자가 이렇게 말을 하더군요. 출혈의 정도, 멍울의 형태로 보아 죽은 지 족히 서너 시간 뒤에 찔린 거라고 말입니다."

서진철의 얼굴에는 점점 황망한 기색이 들어찼다. 대남은 그 모습을 지켜보며 유유히 말을 이었다.

"오히려 용의자 구진철이 진범이라면 이상하지 않겠습니까? 피해자는 이미 사망한 뒤인데 굳이 칼로 다시 찌를 리가 없으니까요. 서진철 씨께서는 그날 피해자, 즉 따님의 집을 찾아가지 않았습니까?"

"찾아가지 않았네! 그날은 지역구 법안을 발의하기 위해 사무실에 밤새도록 있었으니까! 이미 그 사실은 보좌관이 증명했고 말이야. 지, 지금 자네가 날 범인 몰듯 이렇게 추궁하는 것을 차장도 알고 있는가?!"

"차장이 알면 달라지기라도 한답니까? 미심쩍은 사건의 재수사를 맡은 담당 검사가 용의자를 심문하는 게 뭐 이상할 일인가요? 자, 피차 시간 없으니 계속해 본론으로 들어가죠. 그럼 서진철 씨가 사망한 피해자를 처음 마주한 곳은 어디였습니까?"

"영안실이었네."

서진철의 미간은 점점 좁혀지고 있었다. 그간 대남에 대해

들은 게 있어 알고는 있었지만 과장된 소문에 불과하다고 생각했다.

일개 평검사 따위가 지역구를 주름잡는 국회의원인 자신을 어떻게 할 수 있을까, 차장검사 또한 함부로 하지 못하는 자신을 말이다. 그렇기에 변호사와 동행하지 않고 홀로 서부지검을 찾은 것이기도 했다. 그 모습이 자신의 결백을 주장하는 데 이로웠으니 말이다.

"영안실이라……."

대남이 손가락으로 철제 테이블을 두드렸다. 소리가 빨라질수록 서진철의 심장박동도 빨라지는 듯했다.

"정말 그녀를 다시 만난 곳이 영안실이 맞습니까?"

"맞다니까 그래도."

"이상하군요."

이어지는 뒷말에 서진철이 자리에 무너지듯 주저앉았다.

"사모님은 전혀 다르게 말씀하시던데요."

"……뭐?"

서진철의 되물음에 대남이 천천히 압박을 가했다.

"아내분과 별거 중이시더군요. 그날 사모님이 집에 들러 옷가지를 챙기려고 했는데 서진철 씨와 맞닥뜨린 겁니다. 어딜 가냐는 아내의 물음에 잔뜩 화가 난 서진철 씨가 그러지 않았습니까, 딸년을 만나러 간다고 말입니다."

"여, 여편네가 깜빡깜빡해서 말한 걸 그게 증거가 되나!"

"그럴 수도 있겠죠. 그런데 제가 알아보니 서진철 씨는 국회 의원 자리에 앉아 공무를 수행하면서 여러 가지 범법 행위를 저지르셨더군요. 불법 청탁과 횡령도 모자라, 지역구 유지들에게 소위 말하는 떡값도 자주 받았던데요. 물론 간통도 마찬가지고요."

"……!"

서진철의 얼굴이 이내 홍시처럼 붉어졌다. 새파랗게 어린 검사 앞에서 수모를 당했다는 것 때문이었을까, 서진철이 거센 콧김을 내쉬며 말했다.

"변호사를 부르겠네!"

서부지검에서 이뤄진 서진철의 검찰 조사는 변호사가 옴으로써 일단락되었다.

서진철은 모르쇠로 일관하며 묵비권을 행사했고 뒤이어진 질의응답은 예상한 것대로 법 조항을 읊는 단순한 수 싸움에 불과했다.

수 시간에 걸쳐 이뤄진 검찰 조사를 마치고 나온 서진철의 얼굴은 처음과 다르게 거무죽죽했다. 하나, 카메라가 켜지자 다시없을 미소를 지어 보이며 말했다.

"서부지검은 지금 자식을 잃은 부모에게 극악무도한 짓을 자행한 것이나 다름없습니다. 평검사의 지극히 주관적인 심증만을 가진 채 말도 되지 않는 억지 논리로 추리하여 자식 잃은 부모의 마음에 비수를 꽂았습니다. 저는 김대남 검사를 용서하지 않을 것이며, 국민들도 저의 뜻에 동참해 주시기를 간곡히 바랍니다."

서진철은 끝내 눈물 한 방울을 떨어뜨렸다. 기자들의 카메라 셔터 소리가 서부지검 정문 앞을 가득 메웠다.

민 검사는 창밖으로 그러한 광경을 바라보며 고개를 절레절레 저어 보였다.

"대단한 양반이야, 배우 해도 되겠어. 조사를 받으면서 자기한테 불리한 조사가 시작되면 모르쇠로 일관하던 양반이 말이지. 우리에게 확정적인 물증이 있는 줄도 모르고 저토록 뻔뻔스러우니."

민 검사는 고개를 돌려 대남을 바라봤다. 그는 여전히 본인의 자리에서 사건 파일을 정리하고 있었다. 바깥에서 어떠한 소란이 벌어지는지 안중에도 없는 듯한 모습이었다.

"김 검사, 서진철 부인 건은 어떻게 되었어."

"협조적이었습니다. 서진철이 원체 가정 폭력을 자주 일삼던 사람이었고 이번 일로 남아 있던 일말의 정마저도 더 이상

없어 보이더군요. 부인 쪽에서는 이미 검찰에 협조하기로 마음먹은 듯합니다."

"서진철이 애먼 짓을 하지는 않겠지?"

민 검사는 짐짓 우려스러운 목소리로 말하였다. 혹여 서진철이 부인에게 해를 가할지도 모르는 상태였기 때문이다.

"서진철이 바보가 아닌 이상에야 부인에게 해를 가하지는 않을 겁니다. 지금 지켜보는 눈들이 많으니 오히려 자세를 낮추겠지요. 그리고 이미 관할에 증인 보호 요청도 해놓은 상태이고요."

"그렇다면 다행인데, 앞으로 상부에서 어떻게 나올지 모르니……."

"정공법으로는 불가합니다."

대남의 말에 민 검사가 고개를 주억거렸다. 서부지검 내부에 국회의원 서진철과 연관된 이들이 과연 얼마나 될지 짐작도 가지 않는 상태였다. 명확히 드러난 인물이 조필우 차장이었지만 그 외에도 없지는 않을 터였다.

"서진철에게 알게 모르게 떡값을 받은 검사들이 여럿 존재할 겁니다. 더 이상 상부에 보고를 하는 형식으로는 승기를 잡기 힘듭니다. 은평동 살인 사건을 재수사한다는 것 자체가 그들에게 있어선 내부 고발이나 다름없을 테니 말이죠."

"……."

민 검사는 침음을 삼켰다. 내부 고발이라는 단어는 검찰 내에서 금기시되는 단어였다. 그간 내부 고발을 진행했던 인사들이 전부 좌천을 당하고, 소리소문없이 정리되는 것을 수 없이도 봐왔기에 현재의 검찰에선 내부 고발 자체가 진행될 수 없다는 것을 뼈저리게 알고 있었다.

"그렇다면 어떻게 해야겠나?"

민 검사의 물음에 대남이 자리에서 일어나며 말했다.

"그들이 감추려 든다면, 우리는 더욱 까발리면 됩니다."

KBC 시사·교양국 '시사 쟁점 토론'의 PD는 대남의 연이은 방문에 어안이 벙벙했다.

요즘 세간에서 가장 화두가 되고 있는 인물을 꼽으라면 단연코 대남을 꼽을 수 있었다.

은평동 살인 사건은 '시사 쟁점 토론'에서 도화선에 불을 붙인 것이나 다름없었기에 PD 또한 극진히 대남을 대접했다.

"요즘 검사님 덕분에 저희 '시사 쟁점 토론'의 시청률이 연이어 상승하고 있습니다. 그때는 정말 어떻게 되는 거 아닌가 싶었는데 이렇게 결과가 좋으니 그저 감사할 따름입니다. 그런데 오늘은 무슨 일로……?"

"PD님, 한 번 더 출연해도 되겠습니까?"

대남의 직설적인 물음에 PD는 당황한 기색을 감출 수 없었다.

하지만 곧이어 입꼬리가 자연스레 말려 올라갔다. 작금의 상황에서 대남이 출연만 한다면 또 한 번의 시청률 대박은 예견된 지표나 다름없었기 때문이다.

"그런데 검찰 상부에서 허가가 된 건지, 지금 상황이라면 방송 출연 자체를 허락하지 않을 텐데요. 더군다나 생방송인데 말입니다."

PD의 우려 섞인 물음에 대남은 고개를 짧게 끄덕여 보였다.

"그 점이라면 걱정하지 않으셔도 됩니다, 부장검사님이 직접 허락하신 일이니 말이죠."

대남의 말이 끝남과 동시에 PD가 곧장 자리에서 일어났다.

'시사 쟁점 토론'의 출연은 일사천리로 진행되었다. 미리 준비되어 있던 출연진들과 방송 주제를 변경하는 일이었지만 제작진 중에서 앓는 소리를 내는 이는 단 한 명도 보이지 않았다. 시청률이 대박을 갱신한다면 그들의 커리어에도 적잖은 영향을 끼칠 것이었으니 말이다.

진행을 맡은 아나운서가 대남의 얼굴을 확인하고는 지난날의 기억이 떠오르는지 긴장한 채로 입 근육을 연신 풀어대기 시작했다.

"생방송 시작 오 분 전!"

조연출의 외침에 제작진들은 더욱 분주해졌다. 대남도 세트장 정중앙으로 걸음을 옮겼다.

진행자와 인사를 나누고는 정해진 자리에 앉아 마이크를 찼다. 방청객들은 갑작스레 바뀐 출연자의 등장에 눈이 토끼눈처럼 커지며 수군거렸다.

"자, 모두 조용해 주세요. 생방송 시작 1분 전입니다!"

조연출이 슬레이트를 침과 동시에 방청석은 언제 그랬냐는 듯이 조용해졌다. 곧이어 수많은 방송국 카메라가 동시에 점등되었고 생방송의 막이 올랐다.

"안녕하십니까. '시사 쟁점 토론'의 진행을 맡은 아나운서 김정철입니다. 금일 '시사 쟁점 토론'은 예정된 주제와는 다르게 진행된다는 것을 알려드리며 미리 시청자 여러분께 양해를 구하는 바입니다. 그럼 오늘 '시사 쟁점 토론'의 자리를 빛내주실 김대남 검사님을 박수로 찾아뵙겠습니다."

진행자의 멘트와 함께 방청석에서 우레와 같은 박수 소리가 터져 나왔다. 대남은 박수갈채를 받으며 정면 카메라를 바라봤다.

"안녕하십니까. 서울서부지검 형사3부 검사 김대남입니다."

"자, 김대남 검사께서는 현재 은평동 살인 사건에 대한 전면적인 재수사의 수사지휘권을 맡아 몸이 두 개라도 모자랄 정도로 바쁘신 것으로 알고 있는데 갑자기 저희 '시사 쟁점 토론'을 찾은 이유가 무엇인지 여쭤봐도 되겠습니까?"

"제가 '시사 쟁점 토론'을 다시 찾은 이유는 은평동 살인 사건 때문입니다."

"……!!"

진행자는 긴장할 수밖에 없었다. 갑작스레 출연자가 변경되었기에 대본 또한 전체적으로 변경될 수밖에 없었다.

본래 주제를 정하고 하는 자유 토론의 장이라 대본 자체가 간략하기는 했지만 대남의 입에서 어떠한 말이 튀어나올지 모르니 절로 목이 타들어 갔다.

"은평동 살인 사건 때문이라니, 과연 어떠한 발언을 하실지 궁금합니다."

진행자가 천천히 멘트를 했고, 세트장 한편에 있던 PD마저도 손에 땀을 쥔 채로 대남을 바라봤다.

"은평동 살인 사건은 현재 재수사 중에 있는 사건입니다. 수사를 맡은 담당 검사가 공적인 자리에 나와 맡은 사건에 대해 공공연히 말하는 것은 좋지 않다고 생각합니다. 하지만 은평동 사건의 경우 일반적인 살인 사건과 다르게 수많은 특이점을 내재하고 있기에 이 자리에 다시 한번 서게 되었습니다."

"그 말인즉 생방송을 통해 은평동 살인 사건에 대해 다시 한번 밝히겠다는 것인데 진행자인 저로서는 의문을 품을 수밖에 없습니다. 검찰청 내부에서 진행되어야 할 사건 정황을 굳이 외부에까지 알릴 필요가 있을까요……?"

"은평동 살인 사건은 서부지검과 연관되어 있는 사건입니다. 그렇기에 검찰 내부에서 더 이상 일의 진행이 요원하지 않다는 것을 깨달았습니다."

"……!!"

"그, 그게 무슨 말입니까?"

진행자 놀라 되물었고 대남은 정면 카메라를 향해 말했다.

"서부지검 내에 공범이 있습니다."

대남의 폭탄 발언에 PD의 턱밑으로 굵은 땀방울이 흘러내렸다. PD의 턱에 흐르는 굵은 땀방울만큼이나 방청객들도 동요하고 있었다.

서부지검 내에 공범이 존재한다니, 이번엔 또 무슨 소리인가.

진행자는 예정에 없던 급작스러운 대남의 발언에 당황하며 입을 뗐다 닫았다를 반복하고 있었다. 장내가 소란스러워지자 조연출이 급히 나섰고, 그제야 조용해졌다.

급히 정신을 차린 진행자가 고개를 들어 대남을 바라봤다.

"지, 지금 김대남 검사께서는 서부지검 내에 공범이 있다고 말씀하셨는데 제가 잘못 들은 게 아니라면 공범이 사전적으로 말하는 범법자를 뜻하는 게 맞습니까……?"

진행자는 말까지 더듬으며 대남에게 물었다. 그 물음에 대남의 입에서 어떠한 대답이 흘러나올지 모두가 집중했다.

장내가 쥐 죽은 듯이 고요해진 가운데, 대남은 천천히 고개를 끄덕여 보이며 말했다.

"그렇습니다. 공동정범을 뜻합니다."

"……!!!"

대남의 말이 시발점이 되어 장내가 또다시 소란스러워졌다. 이제는 제작진들마저 생방송임을 자각하지 못할 정도로 대남의 폭탄 발언에 정신이 나가고야 말았다.

PD 또한 일전에 대남의 전력을 봐서 이번에도 심상찮은 발언이 이어질 것이라 예상은 했었지만 이 정도로 폭탄 발언을 할 줄은 몰랐는지 얼굴에 식은땀이 가득했다.

소란스러운 장내를 다시금 조용히 시킨 것은 다름 아닌 대남의 목소리였다.

"공범의 정체가 궁금하지 않으십니까."

카메라 감독이 대남의 얼굴을 줌인했다. 그의 표정 하나하나에 포커싱을 두고 담아내고 있었다. 카메라 감독은 손에 땀이 비 오듯 흐르는 신기한 경험을 할 수밖에 없었다.

그만큼 대남의 발언들은 하나같이 방송 역사상 전무후무했던 어록이었다.

"자, 지금 김대남 검사님께서는 은평동 살인 사건과 연루된 공범들을 발표하겠다고 하셨습니다. 먼저 검사님께서는 방금 하신 발언을 뒷받침할 만한 정보들의 신빙성을 어느 정도로 보시는지요. 아무래도 아무 신빙성 없이 검찰청 내부에 공범이 있다는 발언을 하셨다간 그 후폭풍을 감당하기 힘드실 텐데요."

"후폭풍이라."

진행자는 대남의 발언에 우려를 표했다. 혹여나 대남이 주관적인 심증만을 가지고 생방송 도중 폭탄 발언을 해버린다면 그에 따르는 사회적 반향이 어떨지 걱정스러웠기 때문이다. 어떻게 보면 검찰청 내부를 향해 화살을 돌린 것이나 마찬가지였기에 재수가 없으면 생방송의 진행을 맡은 자신의 안위도 어떻게 될지 몰랐다.

대남은 진행자의 말을 곱씹으며 고개를 주억거렸다.

"진행자님, 내부 고발이라는 말이 가지는 진의를 알고 계십니까?"

"내부 고발이요?"

"그렇습니다. 검찰을 비롯한 조직력이 강한 집단에서는 내부에서 벌어지는 부정부패를 눈앞에서 목도하고도 고개를 돌려 버리는 경우가 왕왕 있습니다. 모두 정의, 도덕을 부르짖으며 앞장섰지만 그 뒤에서 벌어지는 부조리는 감히 국민이 상상할 수 없을 정도로 거대합니다. 물론 모든 집단이 그렇다는 것은 아닙니다. 하나, 제가 보아왔고 경험한 곳에선 분명 그러하였습니다."

"……"

"내부 고발은 사회를 건전하게 만드는 밑거름이라 말하지만 정작 내부 고발 당사자의 미래는 불투명하고 보복과 좌천으로 암울한 생활을 영위할 수밖에 없습니다. 그렇기에 오히려 내부 고발자를 향해 손가락질하는 이들도 생깁니다. 집단성이 결여된 문제라고 말이죠."

대남의 말에 모두가 입을 다물었다. 몇몇은 시선을 회피하며 눈을 내리까는 이들도 있었다. 개중에는 마음속에 내재되어 있던 자신들의 생각이 들킨 모양인지 얼굴을 붉히는 이들도 몇 있었다.

"가령 신군부정권 당시, 재벌들의 비업무용 부동산 보유 현황을 언론에 내부 고발한 감사관 이 모 씨가 있었습니다. 그런데 오히려 정부는 감사관 이 모 씨를 공무상 비밀누설 혐의로 구속시켰죠. 정경유착의 실태와 비리를 폭로한 최초의 사건이었지만 더욱 큰 힘에 묵과되어버리고 말았습니다. 이로 인해 재벌들이 피해를 봤을까요? 아뇨, 오히려 피해를 본 건 내부 고발을 실천한 이 모 씨였습니다."

"……"

"언제부터 우리 사회가 후폭풍이 두려워 내부 고발을 할 수 없는 사회가 되었습니까?"

대남의 물음에 그 누구도 선뜻 대답하는 이가 없었다.

"저는 괴물을 잡기 위해 검찰에 들어왔습니다."

대남은 고개를 돌려 정면 카메라를 바라보며 단호히 말했다.

"괴물이 되어버린 그들을 말이죠."

'시사 쟁점 토론'은 2부에 걸쳐 진행되었다. 1부의 말미에서 폭로된 대남의 발언은 일전과 마찬가지로 시사·교양국 전화기로 문의가 빗발치게 만들었다.

이번에는 비단 시청자들의 문의 전화만 있는 것은 아니었다. PD는 긴장한 표정으로 대남에게 말했다.

"……조금 전 서부지검에서 연락이 왔습니다. 방송 출연은 허가되었을지 몰라도 지금 김대남 검사가 하는 발언은 방송이 불가하다고 말입니다. 만약 생방송을 강행하겠다면 자신들도 무슨 수를 다해서라도 '시사 쟁점 토론'에 악영향을 끼치겠다고 전해 왔습니다."

명백한 외압이었지만 그 상대가 검찰이라 PD는 그 어느 때보다 조심스러웠다.

무엇보다 '시사 쟁점 토론'은 현재 KBC 시사·교양국이 주력으로 밀고 있는 프로그램 중 하나였다. 자칫했다가는 여태껏 힘들게 쌓아온 자신의 노력이 한순간에 물거품이 될 수도 있었다.

"PD님 생각은 어떠십니까."

대남의 물음에 PD는 주춤거리며 말을 잇지 못했다. 어떻게 보면 당연한 반응이었다. 자신의 생사여탈권이 걸린 일이었기 때문에 더욱 민감하게 반응할 수밖에 없었다.

PD의 시선이 자신과 함께하는 제작진들에게 갔다가 이내 대남에게 향했다.

"제 밑으로 수많은 스태프가 있습니다. 누군가는 사회에 첫 발걸음을 내딛는 초년생이고 또 다른 이는 한 가정의 가장입니다. 외압이 어떻게 들어올지 모르나, 제가 이들을 지켜낼 수 있을까요……?"

"PD님은 외압을 걱정하실 필요가 없습니다. 검사로서 제가 내뱉은 말이고, 제가 책임지겠습니다."

"검사님은 자신의 신념을 확신하십니까?"

"확신합니다."

대남의 단호한 말에 PD의 거무죽죽했던 얼굴이 그제야 나아졌다.

만약 다른 이의 말이었더라면 믿지 않았을 것이다. 사회라는 것이 원래 자신의 실수도 남에게 떠넘기는 곳이 아닌가. 상대방을 쉽사리 신뢰하기란 힘들었다.

하나 상대는 대남이었다. PD가 꽤 긴 세월 동안 방송계에 몸담으면서 지켜본 김대남이라는 젊은 청년은 그만큼 신뢰를 주는 사람이었다.

불세출의 천재라는 별명이 퍽 어울리게도 그의 행보에는 거침이 없었고, 오늘 보인 그의 모습에서도 한 치의 망설임은 느껴지지 않았다. 끊임없이 자신의 신념을 관철해 나가는 대남의 모습은 많은 이들에게 영감을 주었다.

영웅은 멀리 있는 것이 아니다, 아주 가까이에 있고 누구나 될 수 있다.

"한번 해봅시다."

PD의 외침이 장내에 울려 퍼졌다.

"자, '시사 쟁점 토론'의 2부가 밝았습니다. 광고가 진행되는 와중에 많은 시청자 여러분께서 저희 '시사 쟁점 토론'으로 문의 전화를 주셨습니다. 아무래도 1부 방송의 말미에서 부각된 김대남 검사의 발언 때문이겠죠. 그럼, 마이크를 넘겨 김대남 검사를 모셔보도록 하겠습니다."

카메라가 고개를 돌려 대남을 담아냈다. 진행자는 한 번 숨을 고른 뒤 혀끝에 힘을 준 채 대남을 향해 물었다.

"김대남 검사께서는 서부지검 내부에 은평동 살인 사건과 관련한 공동정범이 있다고 말했습니다. 그 발언을 뒷받침해 줄 만한 증거가 있습니까?"

"증거는 존재합니다."

"……!!"

"그렇다면 여기서 의문점이 생기지 않을 수가 없군요. 증거가 확실하다면 왜 검찰에 고발을 하지 않은 것입니까. 내부 고발이라는 주제를 공적인 방송에 나와 알리기에는 민감한 사안이 아닙니까?"

"제가 앞서 밝혔다시피 작금의 대한민국은 내부 고발이라는 단어를 쉬쉬하고 있습니다. 검찰 상부에 보고한다고 한들, 공범들이 정당한 대가를 받게 될까요? 아니면 아무 일도 없었다는 듯이 내부 고발은 침묵 속에 가라앉고 당연한 일을 한 고발자가 피해를 받게 될까요?"

대남은 잠깐 말을 멈추고는 장내를 훑어봤다. 그 모습을 카메라는 놓치지 않고 잡아내고 있었다.

"'시사 쟁점 토론'의 세트장에만 하더라도 수많은 일반인 방청객들과 방송국 관계자들이 자리하고 있습니다. 지금 TV를 시청 중이신 시청자분들까지 생각한다면 헤아릴 수 없을 정도로 많은 눈동자가 저를 바라보고 있다고 해도 과언이 아니겠죠. 저는 국민에게 심판을 맡기고 싶습니다. 과연 평검사의 무모한 판단이 빚은 해프닝이 될지."

"……."

"아니면, 괴물들의 실체가 낱낱이 까발려지게 될지 말입니다."

장내는 분명 대남에게 압도되고 있었다.

PD는 놀라울 수밖에 없었다. 검사라는 신분이었지만 분명 아직 이십 대에 불과한 젊은 청년이었다. 젊은 패기가 가지는 정의로움이라 치기에는 너무나도 당당하고 밝아 눈이 부실 지경이었다.

"그럼, 이제부터 실체를 밝혀보도록 하죠."

대남의 말이 끝나자 모두가 숨을 죽였다. 진행자마저도 멘트를 잊어버린 채 대남에게 시선을 집중하고 있었다. 하지만 제작진 중 그 누구도 진행자에게 신호를 주지 않았다. 오히려 대남이 먼저 말문을 열기를 기다렸다.

그들의 기대에 부응이라도 하듯, 대남은 담담하고도 날카로운 어조로 말을 이었다.

"은평동 살인 사건은 재수사라는 새로운 국면을 맞이했습니다. 수사 도중 밝혀진 내용에 따르면 현재 유력한 용의자로 선정된 이의 당초 진술은 최근에는 피해자를 만난 적이 없었고,

사후 영안실에서 보았다고 되어 있습니다. 하나 이것은 거짓입니다."

"거짓이라고요?"

"용의자의 아내가 용의자의 알리바이를 반박했고, 결정적인 증거로 용의자의 자택 분리수거함에서 피에 젖은 셔츠를 아내가 발견해 보관하고 있었습니다. 국과수 혈액검사 결과 셔츠에 묻어 있던 다량의 혈흔은 피해자의 것으로 확인이 되었습니다."

"……!!"

"물론 여기서 끝이 아닙니다. 용의자는 초동수사 결과 용의자로 선정되었던 구 모 씨에게 다량의 금전을 입금한 것이 확인되었습니다. 구 모 씨는 구타와 강요에 못 이겨 없던 죄를 만들어 자백한 꼴이 되었지요."

대남의 말에 모두가 경악을 금치 못했다. 특히나 피해자의 혈흔이 묻은 셔츠가 발견되었다는 대목에서 대부분이 입을 벌렸다. 진행자는 조심스럽게 대남을 향해 물었다.

"현재 유력한 용의자로 선정된 이가 누구인지 물어도 되겠습니까……?"

이어지는 뒷말에 모두가 소스라쳤다.

"바로 국회의원 서진철 씨입니다."

"……!!!"

충격의 연속일 수밖에 없었다. 서진철이 누구인가, 검찰 조사 직후 신문 일 면을 장식하고 억울함을 토로했던 피해자의 친부였다.

반전이라고도 할 수 있는 결괏값에 진행자는 물론 방청객마저도 넋 나간 표정이 되어버렸다.

"하지만 제가 밝혀낸 건 여기서 끝이 아닙니다."

"……네, 네?"

"제가 방송을 시작하면서 말하지 않았습니까, 서부지검 내에 공범이 있다고 말입니다. 서부지검 내에서는 오랫동안 국회의원 서진철 씨와 연락을 취하고 금품과 향응을 접대받은 이가 존재합니다. 전 그걸 밝히기 위해 이 자리에 선 것이고요."

"그게…… 누굽니까?"

유력한 용의자가 피해자의 친부 국회의원 서진철이었다는 것에 이어서 지검 내에 공범을 밝히겠다는 대남의 발언에 모두가 헛바람을 집어삼켰다.

장내는 롤러코스터라도 탄 것처럼 긴장감이 사방을 압박하고 있었다. 대남은 긴장감을 터뜨리듯, 카메라를 향해 말했다.

"조필우 차장님, 이제 시작입니다."

조필우 차장의 이름이 대남의 입에서 튀어나오자 PD가 대경실색했다.

검찰청의 직급 체계를 자세히 모르는 일반인들이야 그렇다

치더라도, 검찰과 연관된 기삿거리를 자주 접하는 PD의 입장에선 차장검사라는 직급이 검찰청 내에서 어떠한 입지를 자랑하는지는 누구보다도 잘 알고 있었다.

"차, 차장검사……!!"

진행자 또한 적잖이 놀란 듯 혼잣말로 중얼거렸다. 차장검사라 함은 지검 내의 2인자를 일컬었다.

말 그대로 기관의 차(次) 번째 장이었다. 검사장 다음으로 서부지검 내에서 막강한 권력을 행사하는 이가 은평동 살인 사건의 공동정범이라고 일컬어지다니 충격적이었다.

"죄송합니다. 잠시 방송상의 문제가 생겨 토론을 매끄럽게 진행하지 못한 점 사과드립니다. 일, 일단 김대남 검사께서 발언하신 서부지검 내 공범에 관한 이야기를 다시 한번 짚어 보아야 할 것 같은데 말입니다…… 검사님의 말씀은 그러니까, 조필우 차장이 은평동 살인 사건과 연루되어 있다는 이야기이신지요……?"

진행자는 사안이 사안인 만큼 최대한 조심스럽게 접근했다. 아슬아슬하게 외줄을 타듯 묘한 긴장감이 장내에 깔렸다.

카메라를 잡고 있던 카메라 감독의 이마에는 이미 송골송골 땀이 맺혀 흘러내리고 있었다.

"네, 그렇습니다. 더불어 국회의원 서진철 씨는 현재 검찰에서 선정한 은평동 살인 사건의 유력한 용의자이고 말입니다.

물론 서진철 씨와 관련한 검찰 내 인사는 비단 조필우 차장에 만 국한되어 있는 것은 아닙니다."

"……!!"

"그게 무슨 말입니까."

연이어 터지는 폭탄 발언에 이제 진행자는 정신이 혼미해질 지경이었다. PD 또한 예상은 했었지만 실제로 들으니 오금이 저렸다. 헌정 이래 방송에 나와 이토록 담담하게 내부 고발을 진행하는 검사가 있었을까, 아마 일백 년이 지나간다고 해도 나타나기 힘들 것이라.

"정경유착이라는 말은 들어서 알고 계시지요. 정계와 재계 가 끈으로 맺어지듯이 검찰이라는 사법기관 내에서도 외부인 과 그렇게 맺어진 이들이 존재합니다. 여러분들이 흔히 알고 있는 장학생이라는 말로 둔갑한 채 말입니다. 물론 모든 장학 생이 그런 끈을 맺었다는 뜻은 아닙니다. 다만 분명한 건, 끈 을 맺은 이들이 실제로 존재한다는 사실입니다."

진행자는 말을 끝까지 잇지 못한 채 대남을 바라봤다. 검찰 내에 공공연히 존재하는 재벌 장학회의 후원을 받은 장학생 중 재계와 연결 고리를 가지고 있는 이들이 분명 존재했다.

일반인들은 모르겠지만 검찰 관계자들을 비롯한 시사부 언 론인들에게는 익히 유명한 이야깃거리였다. 하나 명확한 증거 가 있다고 한들 그것을 기사화할 만한 배짱을 가진 언론인은 존재하지 않았다.

"잠, 잠깐만요. 그렇다면 조필우 차장이 지금 말씀하시는 장학생에 해당한다는 말입니까?"

"아니요. 조필우 차장의 경우에는 그 케이스가 다릅니다."

"그게 무슨……?"

"조필우 차장은 일명 법조계에서는 성골이라 불릴 정도로 막강한 법조계 집안을 뒷배로 두고 있습니다. 장학생이 민물에서 노는 잔챙이라면, 성골들은 그보다 위에 있습니다. 사법시험이라는 공정한 평가를 갖추고 있다고는 하나, 그 후에 이뤄지는 탄탄대로는 음서제도를 방불케 할 정도니 말 다 했죠."

"……!!"

"지금 생방송을 시청 중이신 시청자 여러분들도 한번 잘 생각해 보시길 바랍니다. 조필우 차장과 국회의원 서진철의 관계에 대해서 말입니다. 만약 은평동 살인 사건의 진범이 서진철이 맞다면 서부지검의 수사망 지근거리에 조 차장이 버티고 있는데 과연 초동수사가 제대로 이뤄졌겠습니까."

대남의 입에서 조필우 차장과 관련된 이야기가 쉼 없이 터져 나오고 있었다. 대남은 조필우 차장과 국회의원 서진철 간의 내막을 밝혀 과연 은평동 사건의 공범일지, 사소한 친분 관계일지. 그 판단을 시청자들에게 맡겼다.

진행자는 급히 주제를 원래대로 돌렸다.

"잠, 잠깐만요. 조필우 차장에 관한 이야기를 하기보다 앞서 밝혔던 유력한 용의자 국회의원 서진철 씨에 대해서는 어떻게 된 겁니까. 김대남 검사의 말씀대로라면 서진철 씨가 행했다고 추정되는 혐의들을 전부 생방송에서 밝혔는데 말입니다."

"그렇습니다."

"그렇게 된다면 위법행위를 저지른 것이 아닙니까. 피의 사실을 공적인 장소에서 발표하면 안 되는 일 아닙니까? 더욱이 그것이 진실이라고 할지라도 말입니다. 안타깝지만 국가가 재정한 보호법익은 피의자의 개인적인 명예와 인권에도 닿아 있으니 말이죠……."

진행자가 안타깝다는 듯이 말꼬리를 흐렸다. 제아무리 정의로운 발언이라고 할지라도 현행법상 위배되는 행위를 한 것임에는 틀림이 없어 보였다. 방청객 중 몇몇도 이러한 진행자의 발언에 뒤따라 고개를 끄덕여 보였다.

PD 또한 어느 정도 대강은 예상했던 바이기에 고개를 떨궜다.

"위법이 아닙니다."

그 순간, 대남의 목소리가 장내에 울려 퍼졌다.

"형법 126조에 의거한 피의사실 공표죄는 수사기관의 직무를 수행하는 자가 피의사실을 공판 청구 전에 공표함으로써 성립되는 범죄입니다. 그 이면에는 진행자께서 말한 바와 같이 형법에서 의거한 보호법익은 범죄자를 가리지 않으니 말이죠."

"설마······?"

"현재 은평동 살인 사건과 관련하여 본 서부지검 형사3부 207실에선 이미 공소를 제기한 상태입니다."

이어지는 대답에 뒷말에 자리에 있던 모두가 탄성을 터뜨렸다.

"따라서 공소 제기 이후 공표된 피의 사실에 관해, 위법은 성립하지 않습니다."

'시사 쟁점 토론'이 끝나고 KBC 시사·교양국으로 수많은 문의 전화가 빗발쳤다. 대답과 '시사 쟁점 토론'을 응원한다는 말들이 많았지만 개중에는 대답의 발언이 다소 불편하다며 항의하는 이들도 있었다.

PD의 얼굴은 방송 시각 전보다 수년은 늙어져 있었다. 하지만 그의 입가에 드리운 미소는 그 어느 때보다 밝았다.

"방송 생활 십수 년 만에 처음 겪는 일이었습니다. 생방송을 기획하면서 여태껏 긴장했던 적이 한 번도 없었다고 하면 거짓이겠지만 오늘만큼은 정말 심장마비가 일어나지 않을까 노심초사하면서 지켜볼 수밖에 없었습니다."

"저 때문에 곤란하게 해서 죄송합니다."

"아닙니다, 검사님 같은 사람이 있어야 대한민국이 나아지지 않겠습니까. 저도 한때는 기자를 꿈꿨던 적이 있습니다. 지금은 이렇게 PD를 하고 있지만요. 방송국에서 처음 일할 때는 불의에 맞서 공익을 위한 방송만 할 수 있을 줄 알았는데, 살다 보니 느는 게 타협이고 때에 따라서는 외면하는 법도 필요하더군요. 오늘 정말 많은 것을 배웠습니다."

대남을 바라보는 PD의 시선에는 나이를 떠나 존경심이 가득했다.

처음에야 대박 시청률을 의식해 대남의 출연을 반겼지만 방송이 진행될수록 시청률보다는 김대남이라는 젊은 청년이 해내는 믿기지 않는 광경을 목도하며 숨죽여 응원했다.

"방송에 관한 불이익은 없을 테니 걱정하지 않으셔도 좋습니다. 이미 방송 출연 전 언론을 통해 금일 진행될 생방송 계획은 모두 제가 짠 것이라 밝혔고, KBC 사장님께서도 그 점을 고려하여 제작진들에게 징계는 내리지 않겠노라고 저와 약조하였습니다."

"어, 어느새?"

"이 정도 계획은 하고 일을 저질러야 하지 않겠습니까, 그러니 마음 놓으셔도 좋습니다."

대남은 방송 내내 혹여나 '시사 쟁점 토론'에 화살이 겨눠질까, 모든 불씨를 자신에게로 돌렸다.

PD는 대남의 손을 마주 잡으며 말했다.

"무슨 일이든, 어떠한 도움이 필요하든 저에게 말씀하십시오. 어떻게든 도와드리겠습니다. 검사님."

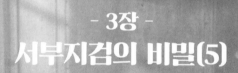

- 3장 -
서부지검의 비밀(5)

서부지검은 흡사 전쟁터를 떠올리게 할 정도로 난리가 나 있었다. 정문 로비에는 기자들이 진을 치기 시작했고, 직원들 사이에서는 확인되지 않은 소문들이 떠돌았다.

일전에 대남이 생방송 출연을 감행했을 때보다 더욱 그 반향이 거세었다.

"앞으로 어떻게 되는 걸까요?"

실무관이 천장을 멍하니 바라보며 중얼거렸다. 계장 또한 방송을 지켜본 터라 같이 한숨만 내쉴 뿐이었다.

일반인들 입장에야 어젯밤 대남이 보인 발언들이 하나같이 정의로워 보였을 테지만, 검찰청 내에서 일하는 직원들은 검찰이라는 집단이 얼마나 폐쇄적이며, 그에 맞서 대남이 했던 발언들이 얼마나 거대한 폭탄인지 모르지 않았다.

"뭐가 어떻게 됩니까, 범인 잡아야죠."

그 순간, 정적을 깨고 목소리가 날아들었다. 다름 아닌 대남이었다. 방송을 통해 그 유명세가 더욱 높아졌지만 사람들의 관심에도 아랑곳하지 않아 보이는 모습이었다. 뒤따라 들어오던 민 검사도 함께 고개를 절레절레 저어 보였다.

"태풍의 눈은 고요하다고 하더니 딱 그 모양이야. 태풍을 부르는 사나이가 아닌가. 김 검사 어제 방송 잘 봤어. 서진철은 그렇다 치더라도 차장은 꽤나 놀랐을 거야, 자기 이름이 거기서 튀어나올 줄은 상상도 못 했을 테니 말이지."

민 검사 또한 지레 겁을 먹기보단 오히려 앞으로 다가올 일들을 기대하는 듯 보였다.

달라진 민 검사의 모습에 계장과 실무관이 눈을 동그랗게 떴다. 대남은 민 검사를 바라보며 사건 파일을 집어 들었다.

"서진철 공판 준비는 민 검사님께서 맡아주시고, 저는 앞으로 남은 일을 처리해야겠군요."

"감당할 수 있겠나."

"감당하지 못할 일이었으면 애당초 시작하지도 않았습니다. 그리고……."

대남은 사건 파일을 들고 나서며 말을 이었다.

"잡범 하나 잡는 게 뭐가 그리 힘든 일이겠습니까?"

대남이 사건 파일을 들고 향한 곳은 다름 아닌 조서실이었다. 형사3부의 검사들과 직원들이 대남이 지나갈 때마다 눈을 흘겼다. 생방송에서 조필우 차장을 지칭하였고 그 외에도 여러 검사가 연관되어 있다는 이야기를 암시했기 때문이다.

"야, 김 검사!"

우락부락하게 생긴 부부장검사 하나가 대남을 잡아 세웠다.

"부르셨습니까."

"어물전 망신은 꼴뚜기가 다 시킨다고 하더니, 딱 네 꼴이다. 이제 막 검찰에 발을 들였으면 선배님들을 보좌하면서 일을 배워가도 모자랄 판에 뭐? 내부 고발? 어제 방송에서 보인 네 태도 때문에 지금 서부지검 전화 소리가 온종일 북새통을 이루고 있다고. 새끼야, 네가 그렇게 당당하면 나도 잡아가 봐. 이 새끼야!"

부부장검사는 대남을 몰아붙이며 윽박을 내질렀다. 대남은 그 목소리를 들으며 살짝 묵례해 보인 후 곧장 발걸음을 돌리며 스쳐 지나가듯 말했다.

"걱정 마십쇼, 조만간에 조서실에서 뵙지 않겠습니까."

"……!"

부부장검사의 얼굴이 기차 화통을 삶아 먹은 것처럼 붉어졌다. 하지만 그도 수많은 시선 때문에 어찌할 수 없는지 제

자리에 선 채 주먹을 움켜쥐고는 부르르 떨 뿐이었다.

대남은 조서실에 도착해 철제로 된 책상 위에 사건 파일을 내려놓으며 은평동 살인 사건을 정리하기 시작했다.

과연 서진철을 도와준 서부지검 내 인사들이 몇 명이나 될까? 그리고 어떻게 도와준 것일까.

대남이 훑어보고 있는 것들은 그러한 의문과 관련된 자료들이었다. 이미 조필우 차장과 관련해서는 상부에 보고 절차를 끝마친 상태였다. 공적인 방송을 탔기에 상부에서도 어떻게 막을 요량이 없어 골머리를 앓고 있을 터였다.

그 순간, 조서실의 문이 부서질 듯 왈칵 열렸다.

"너, 너 이 자식!"

조필우 차장이었다. 들리는 말로는 아침 이른 시간부터 대검찰을 비롯해 검사장에게까지 호출을 당했다고 들었다.

곧장 수사가 시작되지 않았던 것에는 그의 위치와 집안 배경이 톡톡히 한몫했으리라, 성난 들개처럼 서 있는 차장을 바라보며 대남이 말했다.

"안 그래도 저도 뵙고 싶던 참이었습니다."

대남은 맞은편 철제 의자를 손가락으로 가리켰다.

"앉으세요, 진술은 충분히 들어드리죠."

차장은 이 말도 되지 않을 기막힌 상황에 눈을 부릅떴다. 목에 오른 핏대는 언제 터져도 이상하지 않으리만치 거세게 부풀어 있었다.

대남은 벌겋게 익어버린 차장의 얼굴을 바라보며 나직이 말을 이었다.

"왜 그렇게 열을 올리십니까. 어서 앉으세요."

"……!!"

차장은 기가 차는지 탄식을 터뜨렸다.

"고작 네놈 하나 때문에 서부지검 전체가 내부감사를 받게 생겼다. 확인되지 않은 평검사의 낭설로 인해 우리 지검이 질타를 받은 것은 물론이거니와 내 명예 또한 하루아침에 웃음거리로 전락되고 말았지, 네놈 배짱 하나는 인정해 줄 만해. 그런데 말이야 이렇게 나오고도 괜찮을 거 같나."

"검찰 조서실에 들어오면 말입니다. 사람이 딱 두 가지로 나뉩니다. 자신의 죄를 뉘우치며 반성을 하는 사람이 있는가 하면, 죄를 뉘우치기는커녕 오히려 역정을 내며 갖은 협박을 일삼는 시정잡배들이 있지요. 차장님은 어느 쪽이신 것 같습니까?"

"뭐!"

"검찰에 들어와서 처음 배운 일이 뭔지 아십니까? 바로 범법자와의 기 싸움에서 지지 말라는 이야기였습니다. 간혹 검사 생활을 하다 보면 검사보다 검찰청에 익숙한 범죄자들을 만나게 마련입니다. 그들은 하나같이 저들이 무소불위의 권력이라도 휘두를 수 있다는 듯이 검사를 물로 봅니다. 다들 권력의 최정점에 서 있는 자들이니 말이죠."

대남은 차장의 노려봄에도 여유로운 자세를 고수하며 말을 이었다.

"혹 차장님에 대한 형사 입건이 이루어졌다는 건 알고 계십니까?"

"……."

"검사장님께 이미 들으신 모양이군요. 상부에서도 어쩔 수 없었을 겁니다. 내부감사와는 별개로 차장님에 대한 수사가 이뤄지지 않으면 여론의 반발이 더욱 거세어질 테니까요."

차장은 골머리가 썩어오는 것을 느꼈다. 대남이 예사 평검사들과는 차원이 다른 이라는 것은 알고 있었지만 이 정도로 과감하게 나올 줄은 상상도 못 했기 때문이다. 자신의 집안 배경을 알고도 자신을 상대로 생방송 중에 내부 고발을 진행하다니, 여태껏 이런 놈은 들은 적도 본 적도 없었다.

"이대로 나가실 겁니까, 아니면 제대로 진술하시겠습니까?"

"뭐?"

"묵비권을 행사해 진술을 거부하신다고 해도 말리지 않겠습니다."

작금의 여론은 분명 차장에게는 좋지 않은 방향으로 흘러가고 있었다.

'시사 쟁점 토론'에서 발표된 내용을 토대로 언론에서는 은평동 살인 사건과 관련해 대대적인 보도가 연일 쏟아지고 있는 시점이었다. 만약 차장이 검찰 조사를 거부한 것이 알려진다면 지금 상황에선 더없이 나쁜 악수가 될 것이 뻔했다.

"한번 해봐."

차장은 대남을 향해 성난 짐승처럼 으르렁거렸다. 대남은 자세를 앞당기고는 차장을 직시하며 말했다.

"한번 해보죠."

"검, 검사님. 지금 차장님이 조서실에서 김 검사님한테 조사받고 있다고 하는데 사실이에요?!"

실무관이 눈을 휘둥그레 뜨며 공판 자료를 정리하고 있는 민 검사를 향해 물었다.

그에 민 검사는 얕은 미소를 지어 보이며 짧게 고개를 끄덕여 보였다. 그 모습에 실무관이 놀라움과 황당함이 뒤섞인 탄성을 터뜨렸다.

"정말로 이게 가능한 거였어요?"

"차장이 기본적인 검찰 조사조차 받지 않겠다고 하면 문제는 더욱 확산되겠지. 오히려 차장 입장에서는 속히 조사를 끝마치고 싶을 거야. 결괏값이 어떻게 나오든 간에 자신의 죄를 부정하려고 들 테니 말이지."

"그, 그러면 우리한테 좋지 않은 거 아니에요? 아무리 같은 검찰청 식구라고 해도 이미 김 검사님께서 방송에 나가 공범이라고 단정 지어버렸는데…… 입증이 힘들어지게 된다면……"

실무관은 눈을 질끈 감아버렸다.

대남이 방송에서 망설임 없이 과감하게 내부 비리를 폭로하는 장면은 보는 이로 하여금 카타르시스를 느끼게 했다. 하나 만약 그 모든 것이 허사로 돌아갔을 때 대남이 소속된 207실로 돌아올 파장은 실로 상상조차 되지 않았다.

민 검사는 겁을 지레 먹은 실무관을 향해 입을 열었다.

"걱정할 필요 없어. 김 검사가 아까 조서실 가기 전에 뭐라고 말했나?"

"네……?"

민 검사는 공판 자료를 챙기며 말을 이었다.

"잡범 잡으러 간다고 하지 않았나."

민 검사의 말처럼 대남은 조서실에서 잡범, 아니, 조필우 차장과 마주 노려보며 앉아 있었다.

차장의 눈동자는 이글거리는 태양만큼이나 시뻘겋게 불타오르는 듯했다. 침묵 속에서 먼저 말문을 연 것은 대남이었다.

"서울서부지검 형사3부 소속 차장검사 조필우 씨, 당신은 지금부터 본검사가 하는 질문에 진술 거부권이 있으며 본인의 요구 시 변호인 조력하에 조사받을 권리가 있음을 고지합니다. 동의하십니까. 조필우 씨."

대남은 조필우라는 이름 석 자에 힘을 주어 말하였다. 직함을 떼어버리고 이름을 말하는 대남의 모습에 차장은 금방이라도 자리를 박차고 일어설 것처럼 보였지만 이내 힘겹게 입을 열었다.

"······그렇네."

"그럼, 조필우 씨. 국회의원 서진철 씨와 서로 알게 된 계기가 어떻게 됩니까?"

"공적인 검찰 업무를 수행하면서 간혹가다 얼굴을 마주친 적은 있지만 사적으로는 알지 못하네. 자네가 뭘 조사했든 간에 내 입에서 나올 대답은 이미 예상했을 텐데. 허튼수작 부리지 말고 얌전히 끝내. 내 인내심에도 한계가 있으니."

차장은 대남의 질문을 원천 봉쇄하며 으름장을 놓았다.

비록 졸지에 피의자 신분이 되긴 했어도 그만큼 검찰의 생리를 잘 알고 있기에 자신 있었다. 오히려 그의 머릿속에는 지금 이 순간에도 자신의 죄가 아닌, 대남을 어떻게 무너뜨려야 할지에 관한 생각이 가득했다.

"공적인 업무에 금품의 융통도 존재하는 겁니까?"

"뭐?"

"피의자 조필우 씨가 부장검사로 재직할 당시부터 국회의원 서 모 씨에게 주기적으로 금품을 받았지 않습니까. 서 모 씨의 차명 계좌에서 주기적으로 이체된 거액의 자금이 조필우 씨의 차명 계좌로 입금되었음을 이미 확인했습니다."

"내, 내 계좌가 아닐세."

"차명 계좌니 당연히 조필우 씨 명의의 계좌는 아니겠지요. 그러나 차명 계좌에서 인출된 거액의 자금들이 전부 조필우 씨 아내분의 통장으로 이체되었다는 사실을 확인했습니다. 이 건 어떻게 설명하실지 궁금하네요."

차장은 잠깐 당황하는 듯싶었으나 이내 의자에 몸을 기댄 채 의기양양한 미소를 지어 보였다.

"그게 뭐가 어쨌다는 건가?"

"……."

"난 그러한 거액의 융통에 관해서는 일언반구 들은 이야기도 없거니와 알지도 못하네. 지금 그런 하찮은 증거 하나 가지고 생방송까지 나가 날 공범으로 몰았단 말인가? 잘못 짚어도 한참 잘못 짚었네. 감당할 수 없는 일은 애초에 시작하지를 말게나."

차장은 끝까지 모르쇠로 일관했다.

"그럴 줄 알고 사모님도 조만간 검찰 조사에 협조해 주시기로 하셨습니다."

"뭐!"

대남의 말에 차장이 자리에서 벌떡 일어났다. 대남은 차장의 따가운 시선에도 고개를 돌리지 않고 묵묵히 말을 이었다.

"제가 증거 하나 가지고 일을 벌였다고 생각하십니까? 당연히 아니죠. 그 외에도 서진철 씨와 조필우 씨 사이의 접점이 이루 말할 수 없을 정도로 많더군요. 부동산을 비롯해서 서진철 씨의 혈육이 대표로 있는 기업의 검찰 감사를 손수 막아주시기까지 하고 말입니다. 물론 이토록 많은 비리를 저지른 이면에는 그만한 자신감이 있어서였겠죠."

"그런 말 같지도 않은 소리 집어치워!"

"서부지검 내에선 검사장 위에 차장이라는 말이 존재할 정도로 조필우 씨를 대적할 만한 상대가 없지 않았습니까. 막강한 법조계 집안의 뒷배를 두었기에 그 누구도 조필우 씨를 건드릴 수가 없었겠죠. 괜히 들쑤셨다가는 벌집을 건드린 꼴이 되어버렸을 테니까요."

차장은 대남의 말이 이어질수록 황망한 기색을 지워내지 못하고 있었다.

검사장 위에 차장이라는 공공연히 도는 말처럼 차장은 자기 자신을 과신했다. 그 누구도 선뜻 자신을 감사할 수 없음을 알기에 앞서 저질렀던 비리들에 구멍이 있는 것을 알고도 모른 체했었다.

하물며 구멍이 있다고 한들 무슨 문제가 있겠나, 대한민국이란 그러한 구멍조차도 권력으로 막을 수 있는 곳이거늘.

"잘 알고 있군, 아주 잘 알고 있어."

차장은 고개를 주억거리며 중얼거렸다. 그는 눈을 흘기며 조서실 안을 훑었다.

간략한 진술 조사였기에 따로 마련된 녹음기는 보이지 않았다. 더욱이 형사3부의 조서실은 다른 부서에 비해 열악하기 그지없었다.

"자네 말이야, 알고 있나. 검찰이라는 집단에 들어오기 전만 해도 자네는 본인이 세상의 중심인 양 착각하고 살았을 게야. 모든 것이 자네가 원하는 대로 이뤄졌으니 말이지. 세상은 자네를 가리켜 불세출의 천재라고 하지만, 내가 보기엔 글쎄…… 자기 자신이 언제 죽을지도 모르고 불빛을 좇아다니는 부나방 같군. 그 화려한 스포트라이트가 결국 자네 목을 조를 거라는 것도 모른 채 말이지."

"화려한 스포트라이트가 제 목을 조른다니……. 상당히 인상 깊네요. 방금 하신 그 말 책임질 수 있으시겠습니까?"

"책임이라, 원한다면 내기라도 해주지. 그래, 자네 말대로 은평동 살인 사건의 진범은 서진철이 맞네, 명확한 증거도 드러났으니 더 이상은 어쩌지 못하겠지. 그리고 내가 도와준 것도 맞아."

차장은 입가를 비틀며 조소를 머금었다. 마치 대남을 향해 비웃기라도 하듯 웃어 보이던 차장이 마른 입술을 쓸어 보이며 다시 말했다.

"그렇다 한들 자네가 뭘 어떻게 할 수 있겠나? 오히려 두려움에 떨어야겠지. 내가 공범이라는 사실을 입증하지 못할뿐더러 서진철이 설령 형을 살더라도 얼마 살지 않고 곧 나올 거야. 수년이 흐른 뒤에도 국민들이 지금 이 사건을 기억할까? 그들에게 있어 은평동 살인 사건은 그저 입맛을 돋우는 안줏거리에 불과해. 다른 사건이 나타나면 묻히게 마련이라고."

"하고 싶은 말이 뭡니까?"

"이 사건이 국민들의 기억 속에서 사라지는 것처럼, 자네도 국민들의 기억 속에서 사라지는 그 날 묻힐 거라는 말이네. 이 하루 앞도 모르고 설쳐대는 정신 나간 새끼야."

차장의 고성에 대남이 천천히 고개를 끄덕여 보였다. 곧장 진술서를 덮어버린 대남이 차장을 바라보며 말했다.

"오늘은 여기까지만 하겠습니다."

대남은 말을 끝마치자마자 자리에서 일어났다.

그 모습에 차장이 눈을 가늘게 떴다. 자신의 옥박에 겁을 먹은 것일까, 항복선언일까. 머릿속이 복잡해졌지만 확실한 건 지금 조서실에서 승기를 잡은 사람은 다름 아닌 바로 자신이라는 것이다. 차장의 입꼬리가 말려 올라갔다.

차장은 집무실에서 담배를 꼬나물었다. 허연 담배 연기가 천장과 맞닿아 흩어졌다.

서부지검 내에 폭풍이 친다 할지라도 살아남을 자신이 있었다. 자신과 맞서는 이들을 손가락 하나 까딱하지 않고 굴복시킬 자신이 있었다.

김대남 역시 날고 기어봤자 결국 평검사에 불과한 것이다.

"뭐가 이렇게 시끄러워?"

그 순간, 창밖으로 들려오는 소음에 차장의 미간이 좁혀졌다. 차장은 자신의 시간을 방해하는 잡음에 자리에서 일어나 창가로 향했다.

커튼을 걷고 창밖을 바라본 차장의 눈이 일순 부릅떠졌다.

"뭐, 뭐야!"

수많은 기자가 서부지검 정문에 자리하고 있었다. 방송국 카메라까지 대동한 모습이 기자회견장을 방불케 하고 있었다.

기자들의 시선을 따라가 보니 그곳에는 조금 전 자신과 조서실에 함께 있었던 대남의 모습이 보였다.

대남은 정문을 가득 메운 기자들이 잘 들을 수 있게 준비해 온 마이크를 잡아 들었다.

-국민들은 현재 은평동 살인 사건으로 인해 공권력에 대한 실망감을 느끼고 있습니다. 한편으로는 과연 은평동 살인 사건이 검찰에 의해 조작된 사건인지 의구심을 놓지 않은 이들도 있습니다.

마이크 덕분인지, 집무실에 있는 차장의 귓가에까지 또렷하게 대남의 목소리가 들려왔다.

-저는 오늘 스포트라이트를 받으며 과연 대한민국의 공권력은 어디까지 상실되었는지를 밝히려 합니다.

대남은 가슴팍에서 무언가를 꺼내어 기자들에게 비추었다. 멀리 있어 잘 보이지 않아 차장이 눈을 가늘게 뜬 채 힘을 줬다. 그 순간, 대남의 입이 열렸다.

-녹음기입니다.

차장의 입에서 담배가 땅으로 곤두박질쳤다.
기자들의 시선이 일제히 한곳으로 향했다. 흥행 영화의 티켓을 얻기 위해 극장 앞에 줄지어 선 사람들처럼 기자들이 대남을 둘러싸기 시작했다. 인산인해라는 말이 턱 어울릴 정도였다.

"녹, 녹음기······!!"

기자 중 누군가가 소리쳤다.

대남의 손에 들린 녹음기가 과연 어떤 내용을 담고 있을지 그 누구도 알지 못했다.

하나 대남이 저토록 당당하게 공권력의 부정을 부르짖는 것에는 그만한 증거가 있게 마련이었고 자연히 녹음기가 그 증거물로 귀결되었다.

대남은 목 놓아 자신을 바라보는 기자들을 향해 말했다.

"우리는 과거 민주주의를 이뤄내기 위해 수많은 항쟁을 하였고, 코끝을 저리게 만드는 최루탄 가스를 참아내며 모진 탄압에도 꿋꿋이 맞서 싸웠습니다. 그 결과 문민정부의 초석을 일궜으며 국가적 위상은 한 단계 진일보를 이뤄냈습니다. 하나!"

대남은 말끝에 힘을 실었다.

기자들이 수첩을 손에 힘껏 쥔 채로 침을 꿀꺽 삼켰다.

"공권력이 상실된다면 힘겹게 이뤄낸 민주주의는 소멸하는 것이나 마찬가지입니다. 국가의 주권은 국민에게 있고, 정부는 삼권분립을 통해 어느 한 집단의 독단을 막아내었습니다. 그런데 지금 서부지검에서 그러한 독단이 다시 살아나려 하고 있습니다."

"……!!"

"저는 오늘 이 자리에서 이 녹음기에 녹음된 추악한 진실을 알리려 합니다. 과연 이로 인해 어떠한 결과가 도출될지는 모르겠으나 이 자리를 찾은 기자분들과 국민에게 결과를 맡기고 싶습니다."

대남은 녹음기를 마이크에 가져다 대었다. 녹음기는 잠깐이지만 잡스러운 소리를 내다 이내 어느 한 남성의 목소리를 토해냈다.

일순간 소란스럽던 기자들이 녹음기에서 나오는 소리를 듣기 위해 숨죽였다.

-세상은 자네를 가리켜 불세출의 천재라고 하지만, 내가 보기엔 글쎄……. 자기 자신이 언제 죽을지도 모르고 불빛을 쫓아다니는 부나방 같군. 그 화려한 스포트라이트가 결국 자네 목을 조를 거라는 것도 모른 채 말이지.

-은평동 살인 사건의 진범은 서진철이 맞네, 명확한 증거도 드러났으니 더 이상은 어쩌지 못하겠지. 그리고 내가 도와준 것도 맞아.

-그렇다 한들 자네가 뭘 어떻게 할 수 있겠나? 오히려 두려움에 떨어야겠지. 내가 공범이라는 사실을 입증하지 못할뿐더러 서진철이 설령 형을 살더라도 얼마 살지 않고 곧 나올 거야.

수년이 흐른 뒤에도 국민이 지금 이 사건을 기억할까?

  -이 사건이 국민들의 기억 속에서 사라지는 것처럼, 자네도 국민들의 기억 속에서 사라지는 그 날 묻힐 거라는 말이네. 이 하루 앞도 모르고 설쳐대는 정신 나간 새끼야.

  "허……!!"

  장장 이십여 분에 걸친 녹음 파일이 끝나자 기자들이 일제히 탄식을 터뜨렸다.

  중간중간 생략된 부분들이 있어 완벽한 내용을 알 수는 없었지만 단 하나는 분명했다. 바로 음성의 주인이 범인과 관련 있다 말하고 있었다. 그 순간, 한 기자가 대남에게 질문을 해 왔다.

  "김대남 검사님, 혹시 지금 녹취록에서 나오는 목소리의 주인공이 그 사람이 맞습니까? 검사님께서 생방송에 나와 공동 정범이라고 지칭했던 조필우 차장검사 말입니다."

  "맞습니다."

  "……!!!"

  "잠, 잠깐만요. 그렇다면 지금 조필우 차장검사와의 진술 내용을 녹취했다는 것인데 분명 조필우 차장이 공권력에 대한 부정을 저지르려고 한 것은 맞지만 진술의 내용을 외부로 유출하는 것도 범법 행위 아닙니까……?"

시사부 기자들답게 검찰 진술의 유출 경위를 대남에게 캐물었다. 대남은 기자의 물음에 고개를 천천히 끄덕이며 말했다.

"진술에 의한 녹취가 아닙니다. 조필우 차장의 검찰 조사는 이튿날 오후에 실시할 예정이고, 위 녹취가 이루어졌던 것은 불과 세 시간 전의 이야기입니다. 고로 정식 검찰 진술이 아니라, 조필우 차장이 제게 와서 직접 자백한 내용이지요."

"자백이라고요……?"

"얼굴이 붉어진 채로 찾아와서 하고 싶은 말이 있으면 해보라고 했더니 이렇게 협박을 하더군요. 은평동 살인 사건은 국민들에게 있어 안줏거리에 불과한 이야깃거리이고, 자신은 그러한 국민들의 얇은 지성 위에 있다고 말입니다."

5공 청산과 공권력을 부도덕하게 사용한 이들에 대한 엄벌을 부르짖는 시기였다.

만약 이 녹취록이 일파만파 기자들의 손을 거쳐 언론에 퍼지게 된다면 그 파장은 이루 말로 형용할 수 없을 터였다.

기자들의 눈빛이 야심에 가득 차 이글거리기 시작했다. 대남은 그들을 향해 마지막 말을 나지막이 내뱉었다.

"자, 잉크가 마르기 전에 서두르시는 게 좋을 것 같군요."

취재를 성황리에 끝마치고 돌아온 대남을 계장과 실무관이 입을 벌리며 바라봤다.

차장검사와 독대를 했다고 들었을 때부터 예삿일이 아니겠거니 생각했었는데 정문에서 벌어진 취재 내용에 입이 다물어지지 않았다.

"마이크를 사용한 덕분에 서부지검 사람들 전부 다 들었겠더라, 목소리가 쩌렁쩌렁했어."

민 검사가 흡족한 미소를 지어 보였다. 그는 대남을 가리켜 검사의 표본과도 같다고 생각했다.

상대의 지위가 어떻든, 권력이 어떻게 압박을 해오든, 결코 범법 앞에 굴복하는 경우가 없었다. 큰 힘이 옥죄어 올수록 더욱 큰 힘으로 물리치게 마련이었다. 오늘 기자들 앞에서 녹취록을 공개한 것은 선전포고나 다름없었다.

"서부지검 검사들 간이 콩알만 해졌을 거야, 차장의 녹취록이 만천하에 공개되었는데 서진철한테 콩고물 받아먹은 이들은 지금쯤 제 발이 저려서 안절부절못하겠지. 한데 차장이 가만히 있지 않을 텐데, 저도 들었을 테니 지금쯤 길길이 날뛰고 있을걸."

"백방으로 언론을 막으려 해봤자 불가능할 겁니다. 이미 녹취록을 담아낸 기자들이 수두룩합니다. 그들을 전부 막아내기란 요원하고, 현재 은평동 살인 사건으로 국민적인 관심이 몰려 있기에 어찌할 방도가 없을 겁니다."

"그러다가 자네가 해라도 입으면 어떡하려고."

민 검사가 짐짓 우려 섞인 말을 뱉어냈다.

쥐도 궁지에 몰리면 고양이를 문다고 하지 않는가. 하물며 서부지검의 비공식적인 일인자로 불리는 조필우 차장이었다. 제아무리 한풀 꺾였다고는 하나 그의 연륜과 관록을 무시할 수는 없었다.

"그렇게 섣불리 나서 준다면야 저야 고맙죠."

"뭐? 그게 무슨 말인가?"

"은평동 살인 사건은 빠져나갈 구멍이 많은 사건입니다. 공동 정범이라고는 해도 직접적으로 살인에 관여했다는 증거가 없기에 고작 해봐야 부정 청탁, 사문서 위조, 뇌물로 엮어나갈 수밖에 없겠죠. 차장의 사회적 명성은 죽었을지 모르나, 실질적인 형량은 얼마나 나올지 모릅니다. 이러한 상황에서 살인미수라는 죄목이라도 하나 더 씌우게 된다면 금상첨화 아닐까요."

"허."

민 검사는 혀를 내둘렀다. 대남이 말하는 살인미수라 함은 바로 저를 지칭하는 것이다.

그렇게 말하고 난 후 대남은 초조해하지도, 두려움에 떨지도 않았다. 오히려 앞으로 다가올 차장의 수를 생각하며 머리를 굴리고 있었다.

"서부지검 내에 차장과 연관된 검사들이 얼마나 됩니까?"

"네가 일전에 말했던 형사3부 부장을 비롯해서 부부장 라인까지는 잠식당한 듯싶더라. 그들도 윗선에서 저지르는 비리를 모르지 않았지만 다들 눈을 감았던 모양이야. 어차피 그들도 지역 유지들에게 떡값을 받아 챙겼으니 유유상종 아니겠냐. 똥 묻은 개나 겨 묻은 개나 딱 그 수준이야, 지금."

민 검사의 말처럼 서부지검 내에서는 왕왕 부정부패가 벌어지고 있었다. 윗물이 맑아야 아랫물이 맑다고, 차장부터가 썩은 내가 진동했는데 밑물이 맑을 리가 없었다.

오히려 세습 과정을 거치듯 자리가 올라갈수록 그 부정부패의 규모도 더욱 커졌다.

"그래도 전부가 썩지 않았다는 것은 불행 중 다행이네요."

"그래, 서부지검 전체가 썩어버린 것은 아니니 다행이라 말할 수 있지. 하지만 기본적으로 법도를 지키는 검사들마저도 그들의 비리에는 외면할 수밖에 없었어. 자칫했다가는 자기들 목이 온전치 못할 테니 말이야. 그런 의미에서 김 검사, 네가 칼을 뽑아 든 거나 마찬가지지."

"칼을 뽑았다……."

대남과 민 검사가 이야기를 나누고 있을 무렵, 실무관이 놀란 목소리로 대남을 찾았다.

"김 검사님, 지금 차장님께서 급히 찾으십니다."

실무관은 전화를 받고 어찌나 놀랐는지 진땀을 흘리고 있었다. 대남은 실무관의 말에 자리에서 일어나며 민 검사를 향해 말했다.

"그럼, 마저 꼽고 오겠습니다, 칼."

조필우 차장의 얼굴이 일그러질 대로 일그러졌다. 대남은 보란 듯이 서부지검 정문에서 기자회견을 방불케 하는 취재 장면을 뽑아냈다.

조서실에서 녹취기가 없다고 해서 녹음기를 간과했던 점이 화근이었다.

속이 쓰렸다. 하지만 차장은 그것보다 김대남에 대한 분노로 바닥에 떨어진 담배를 찢어질 듯 지르밟았다.

똑똑-

"들어와."

애먼 노크 소리와 함께 집무실의 문이 열렸다. 대남은 차장에게 짧게 묵례를 하며 들어섰다.

차장은 핏발이 선 눈동자로 대남을 노려볼 뿐 언성을 높이지는 않았다. 대남도 그 시선을 마주 받으며 입가에 은은하게 미소를 띠고 있을 뿐이었다.

"지금 상황이 재미있나."

"재미있을 리가 있겠습니까?"

"그래, 내가 널 너무 얕잡아봤어. 검사 시보 때부터 동부지검 검사장을 물 먹인 놈인데 말이야. 그 싸가지하며, 그에 걸맞은 뛰어난 재능까지. 그런데 네가 가지고 있지 않은 것. 그게 뭔지 아나?"

대남은 차장의 속뜻을 헤아리고는 천천히 고개를 주억거렸다.

"저는 차장님처럼 법조계 집안의 뒷배가 없죠. 어떤 비리를 저지르든 간에 자신의 집안을 무기 삼아 서부지검 내에서 무소불위의 권력을 휘두르시지 않으셨습니까? 그런데 이번에도 그 든든한 보배가 통할까요?"

"뭐!"

"전 차장님을 상대로 구속영장을 청구할 계획입니다. 본인이 담당 검사 앞에서 자백한 꼴이 되어버렸는데, 아무래도 도주의 우려가 있다고 판단되어서요."

"그따위 조잡한 녹취록으로 구속영장이 통과될 거 같은가? 법조계에서 잠깐이나마 몸담아 봤으면 알 텐데. 여태까지의 판례를 살펴보면 말이야. 자네가 내건 증거들로는 안 돼. 전부 기각일세. 내 자백은 자네도 알다시피 협박에 의한 것이지 않은가, 또한 당시 조서실 상황을 아는 사람은 자네와 나, 둘뿐이지."

차장은 대남이 또다시 녹음기를 가지고 왔을 것을 염려해서 말을 조심했다.

대남의 입장에선 어이없을 이야기의 연속이었지만 대남은 황당해하기보다는 오히려 입가에 드리워진 은은한 미소의 농도를 더 짙게 할 뿐이었다.

"차장님, 지금 현 시국이 어떤 시국입니까?"

"……."

"국민들은 5공 청산에 대한 열의를 부르짖고 있으며, 전 대통령들에 대한 엄벌을 원하는 국민들의 목소리도 높아지고 있는 상태입니다. 그만큼 공권력에 대한 불신과 분노는 극에 달했다고 해도 과언이 아닐 정도이지요. 이런 상황에서 재판부가 차장님에 대한 구속영장을 그냥 기각할 수 있을까요?"

대남은 고개를 절레절레 저어 보이며 말을 이었다.

"아니요. 차장님은 본인이 서부지검 내에서 무소불위의 권력을 휘두르니, 만인지상이라도 되었다고 생각하겠지만 말입니다. 재판부 입장에서 조필우 차장검사는 공권력에 대한 국민들의 불신을 조금이라도 잠재울 수 있는……."

이어진 뒷말에 차장의 눈이 부릅떠졌다.

"피라미 정도밖에 안 된다고요."

대남의 단언에 차장의 이맛살이 찌푸려졌다. 피라미라니, 차장검사인 자신을 지금 평검사가 피라미에 비유했다는 말인

가. 차장의 볼이 거세게 실룩였다. 차장은 대남을 뚫어져라 노려보며 말했다.

"자네는 가만 보면 세상이 깨끗하다고만 생각하는 것 같아. 마치 세상 물정 모르는 어린애 같은 발상이야. 겉으로 보이는 모습은 화려할지 몰라도 속내는 곪을 대로 곪은 게 사회야, 나 하나를 잡는다고 모든 것이 끝날 것 같은가. 아니, 끝이 아니라 오히려 시작일 테지."

"시작이라."

"그래, 자네가 날 피라미라고 지칭했지만. 내 눈엔 오히려 자네가 피라미처럼 보여. 집단에 적응하는 법도 모른 채 아집을 신념으로 둔갑시킨 채 고함을 지르는 부적응자 또는 망나니 같아. 앞으로 자네가 힘들어질 거 같나, 내가 힘들어질 거 같나?"

차장은 대남을 바라보며 미소 지었다.

"지금 검찰을 구성하고 있는 집단은 적자생존의 결과물이야. 자네가 그들을 전부 잡아낼 수 있겠나. 그 알량한 정의감이 자신을 다치게 할 거라는 걸 왜 모르는 겐가, 더 이상 돌아올 수 없는 강을 건너려 하지 말게."

"건너겠다면요."

"……!!"

차장의 낯빛이 어두워졌다. 대남의 도발에도 그는 묵묵히 인내하고 있었다. 대남을 인정해서가 아니다. 자신에게로 빗발치는 화살을 막아보고자 하는 것이었다.

"처음에는 협박을 하시더니, 이제는 회유를 다 하십니다. 어지간히도 초조해지셨나 봅니다. 애당초 차장님 입장에서야 평검사 하나가 내부 고발을 운운하며 날뛰는 것이 같잖아 보이셨겠지요. 하지만 사건의 파장이 점점 커져 일파만파로 국민들에게 알려지게 되니⋯⋯."

"⋯⋯."

"지금 떨리십니까?"

차장은 자신의 이성을 잡아주던 끈이 떨어지는 것을 느꼈다. 붉으락푸르락해진 얼굴로 손바닥을 들어 올렸지만 결국 애먼 탁자만을 부서지도록 내려칠 뿐이었다.

대남은 그 모습을 보며 나지막이 말했다.

"잘하셨습니다. 검찰 조사가 진행될 피의자가 담당 검사에게 폭력을 행사했다가는 더 이상 걷잡을 수 없어질 테니까요."

"내가 법정에 선다고 해서, 자네 하나 어떻게 하지 못할 것 같나."

"지금도 당장 절 어떻게 못 하시잖아요. 이제 그만 현실을 직시하시죠. 집안의 뒷배만을 믿고 설치시던 차장님에게 지금 도움의 손길을 내미는 이가 누가 있습니까? 다들 자기 목에 칼날이 겨눠질까, 여론의 불똥이 튀지는 않을까 싶어 전전긍긍

하는 모습이지 않습니까."

"너 이 새끼……!"

"검사 임명장을 받았을 적에는 수인복을 입고 법정에 설 거라 생각 못 하셨을 테죠. 역시 한 치 앞도 모르는 게 인생이네요. 그럼 저는 남은 업무가 있어 먼저 나가보겠습니다."

대남은 짧게 눈인사를 한 뒤 등을 돌렸다.

문을 향해 몇 발자국 걸어가던 대남이 갑자기 멈춰 서서는 고개를 돌려 차장을 바라봤다. 그곳에는 아까 전과 마찬가지로 잔뜩 화가 난 차장이 어금니를 깨물며 자리를 지키고 있었다.

"과연 법정에 서서도 그 표정을 지을 수 있을지 기대하고 있겠습니다."

민 검사는 조간신문을 통해 전국에 보도된 기사들을 읽고 있었다.

어느 신문사건 따질 것도 없이 하나하나가 전부 조필우 차장검사와 관련된 이야기로 헤드라인을 장식하고 있었다.

검찰 수뇌부가 이토록 적나라하게 언론의 포화를 받았기에 서부지검은 말 그대로 전시 상황이었다.

"뭐가 그렇게 좋으십니까?"

미소 짓는 민 검사를 향해 대남이 물었다. 대남의 물음에 민 검사는 신문을 들어 보이며 말했다.

"지금 이 기사들 때문에 서부지검 검사들이 난리 난 걸 모르나? 어제 차장검사 방에서 자네가 온전하게 나온 뒤부터는 다른 검사들의 압박감이 상당히 심해진 모양이야. 만약 차장이 잡혀 들어가게 되면 거기에 연루된 이들이 꼬치처럼 줄줄이 꿰어져 나올 테니 말이지."

"민 검사님, 따로 조사하신 바로는 부정부패를 저지른 검사들이 몇이나 됩니까?"

"차장을 포함해서 12명이야. 평검사는 대부분 없고 떡값을 받아먹은 부부장급을 포함해서 부장들까지 형사부에서 난다 긴다 하는 검사들이 전부 포함됐어. 지금쯤 지레 겁먹고 장부를 파쇄기에 돌리고 있을 테지만 이미 수사 자료는 전부 확보된 상태지."

대남이 언론의 전면에 나서 국회의원 서진철과 차장에 관해 칼을 뽑아 들었을 무렵, 민 검사는 은밀히 서부지검 내의 비밀을 조사했다.

서울 4대 지검 중 검거율이 가장 높을뿐더러 많은 업무량을 자랑하는 곳이었지만 속내는 곪을 대로 곪아 있었다. 형사 범죄를 다루는 형사부에선 떡값을 받지 않은 부부장급 검사를 찾기가 힘들 정도였으니 말이다.

"그런데 말이야, 이걸 터뜨리자니 서부지검 형사부 전체를 들어내는 것이나 다름없는데 말이지……."

민 검사의 얼굴에는 고민하는 기색이 역력했다. 차장검사 한 명을 잡아내는 것과는 궤가 달랐다. 서부지검 형사부 전체 편성 자체를 달리해야 하는 일이 생긴 것이다. 국민적인 반향이 어떠할지 감조차 잡히지 않았다.

"검사님은 어떻게 하셨으면 좋겠습니까?"

"마음 같아서야 이번 기회에 다 해치우고 싶지만, 그 규모가 너무 어마어마해. 이걸 할 수 있을지도 의문이고 말이야……."

대남은 민 검사의 말을 들으며 천천히 자리에서 일어났다. 그 모습에 민 검사가 의문스러운 표정으로 되물었다.

"자네 어딜 가나? 아직 검찰 조사까지는 시간이 남지 않았나."

"검사장님을 뵈러 갑니다."

"뭐?!"

민 검사가 놀라 소리쳤고 대남은 외투를 챙기며 말을 이었다.

"그분의 의중도 여쭤봐야 하지 않겠습니까, 명색이 서부지검의 수장이신데."

서부지검 검사장 김명길은 자신의 휘하에서 벌어지는 일련의 일들을 모르지 않았다. 하지만 너무나도 거대했고, 걷잡을 수 없게 일이 커진 후였다. 그리고 그 중심에는 김대남이라는 신임 검사가 있다는 것을 알고 있었다.

"발령을 받고 나서는 처음 보는구먼. 김 검사."

검사장의 물음에 대남이 고개를 끄덕여 보였다. 검사장의 앞이라고 해서 겁먹은 얼굴이 아니었다. 오히려 지금 대남을 마주하며 긴장한 이가 있다면 다름 아닌 자신일 것이다. 검사장은 짐짓 뜸을 들이고는 물었다.

"솔직히 놀랐어. 신임 검사가 조필우 차장을 대적해 이렇게 일을 벌일 수 있다는 사실에 말이야. 일단 자네의 그 강단, 높이 사는 바네. 그래, 날 왜 찾아온 겐가?"

"검사장님께서는 서부지검의 수장이 아니십니까."

"수장이라, 정말 그렇게 생각하나?"

검사장은 알 수 없는 씁쓸한 미소를 지어 보였다. 그의 얼굴에는 회한이 가득해 보였다. 대남은 그가 묻는 물음의 의중을 모르지 않았다.

"서부지검은 검사장 위에 차장이 있다는 말이 나돌 정도로 조필우 차장의 입지가 검사장님보다 확고하다는 게 공공연했습니다. 아마 이번 사태로 인해 더욱 그 소문이 사실로 부각되었을지도 모르지요."

"……."

"서부지검 내에서 말단이라 할 수 있는 신임 검사가 차장검사를 비롯해 지검 자체를 방송에 나가 고발했는데도 검사장이라는 분은 아무 말을 하지 않은 채 요지부동의 자세로 관망만 하고 있을 뿐이니까요. 차장이 무서우신 겁니까?"

대남의 물음에 검사장은 눈을 지그시 감았다가 떴다. 그의 눈가에는 세월의 흔적만큼이나 거친 주름살이 깊게 박혀 있었다.

"검찰에서 가장 중요한 게 뭔지 아나. 일신의 노력, 재능, 열정 같은 것은 다 필요 없네. 오로지 학연, 지연, 혈연만이 존재하는 곳이 이곳이야. 집단으로 이뤄진 조직이기에 조필우 차장과 같은 성골 출신들은 그 누구에게도 고개를 숙이지 않지. 설령 그게 검사장이라 할지라도."

"허수아비셨군요."

"그래, 허수아비였지. 사실 서부지검의 검사장 자리도 조필우가 앉을 수 있었지. 차장을 거치지 않고 부장에서 곧장 검사장 자리에 오를 수 있었지만 웃으면서 나에게 양보하더군. 내가 자기보다 사법연수원 기수가 선배여서 그랬을 것 같나?"

검사장의 눈빛에는 분노보다는 자기 자신에 대한 실망감이 들어차 있었다. 대남은 그 모습에 고개를 절레절레 저어 보였다.

"기수 차이 때문에 검사장 자리를 양보했다기보다, 아무래도 일신의 움직임에 있어 차장 자리가 좀 더 적합하지 않았겠습니까. 수많은 비리를 저지른 양반인데, 검사장의 자리는 너무 주목받기 좋은 자리니 말이죠. 그래서……."

"……."

"검사장의 자리에 자신이 컨트롤할 수 있는 허수아비를 세워둔 거죠. 무슨 일이 터진다고 할지라도 검사장님이 총대를 메야 할 터이니, 이보다 더 좋은 일이 어디 있겠습니까."

검사장은 목이 답답한지 넥타이를 풀어헤쳤다. 그는 조필우 차장과 마찬가지로 서부지검 내에서 불거지는 부정부패와 관련된 언론의 보도로 인해 직격타를 맞고 있었다.

수장이 내부의 비리를 몰랐다는 것이 말이 안 되었기 때문이다.

"난 아무래도 이번 일이 끝나면 옷을 벗어야겠지. 솔직히 말하면 말이야, 자네가 부러워. 신임 검사임에도 검사장도 해내지 못하는 일을 한 게 아닌가. 난 사실 검사장의 자리에 오르고 나서도 일평생을 조필우 밑에서 일했다고 해도 과언이 아닐세."

"마지막까지 그렇게 검사 생활을 마감하실 겁니까?"

대남의 물음에 검사장은 쉽사리 말을 잇지 못했다. 대남은 그런 검사장을 바라보며 천천히 말을 이었다.

"제가 오늘 검사장님을 찾아뵌 이유는 여태껏 벌어졌던 일련의 일들을 제가 독단적으로 벌였다는 것에 대해 사과하기 위해서가 아닙니다. 그저 마지막으로 통보하기 위해 찾은 것입니다."

"통보라……."

"조필우 차장과 관련한 서부지검 내의 부정부패를 감사하면서 부부장급 이상 검사들이 다수 연루되었다는 것을 파악했습니다. 개중에는 형사3부 부장처럼 저희에게 협력을 하며 고개를 숙인 이도 있었습니다."

"그들을 어떻게 할 텐가?"

"3부 부장을 비롯해서 부정부패와 연관된 검사들을 모조리 잡아넣을 계획입니다."

"……!!"

검사장이 대경실색하며 대남을 바라봤다. 연륜이 깃든 그의 눈동자 안에는 그 어느 때보다도 놀라움이 가득 들어차 있었다.

법조계 생활을 해오며 검찰이라는 집단이 얼마나 폐쇄적이고 잘못을 인정하지 않는지 검사장이 본인이 더욱 잘 알고 있었다.

"자네의 말대로 된다면 서부지검의 근간이 뒤흔들리는 일이야. 쉽사리 이루어질 것 같은가? 정의가 살기 이전에 검찰이 죽어버린다면 무슨 소용이 있다는 말인가."

"썩어버린 검찰은 더 이상의 기능을 유지하지 못합니다. 작금의 서부지검 형사부가 그렇습니다. 고인 물이 썩어버릴 지경이 되어버렸으니 물갈이를 하는 것은 필연적인 일이지요. 그리고 이 모든 일을 누가 저 혼자 한답니까?"

"뭐?"

검사장의 머릿속에는 수만 가지 생각이 스쳐 지나가고 있었다.

그간 서부지검의 수장이라는 검사장의 자리에 앉아 있었지만 마음 편할 날이 없었다. 오히려 평검사였을 적보다 더욱 고되었다. 대남은 그러한 검사장의 마음을 모르지 않았다.

"검사장님. 한 집단의 수장으로서 이제는 용단을 내리셔야 하지 않겠습니까. 끝날 땐 끝나더라도 마지막은 멋지게 끝내셔야죠."

검사장이 쉽게 결정하지 못하고 망설이자, 대남이 말했다.

"저와 함께하시죠, 마지막을."

검사장의 눈동자는 심연 속에 깊이 잠기는 듯했다. 두 눈을 감은 그의 머릿속에선 지난날들이 되감기 되듯이 스쳐 지나가고 있었다.

그런 그의 회상을 깨뜨린 것은 테이블 위에 놓인 신문기사였다.

[공권력의 불신, 검찰은 어디까지 나아갔나.]

시사저널에 쓰인 기사로 은평동 살인 사건을 둘러싼 서부지검의 내막을 조명하고 있었다. 서부지검의 수장으로서 자신을 욕보이지 않았다면 거짓말일 것이다.

"검찰에 처음 발을 들이면서 했던 선서가 생각나는군. 나는 불의의 어둠을 걷어내는 용기 있는 검사, 힘없고 소외된 사람들을 돌보는 따뜻한 검사, 오로지 진실만을 따라가는 공평한 검사, 스스로에게 더 엄격한 바른 검사······."

나지막이 고개를 떨군 검사장이 혼잣말로 중얼거렸다.

"수십 년 동안 검찰에 몸담으면서 그중 내가 이뤄냈던 '검사'가 과연 있을까. 조직이라는 사회생활 속에서 원리 원칙을 지키며 살아가기란 쉽지 않지. 도덕과 정직의 신념을 가지고 국민들에게 보답하라고 하지만, 상부에서 원하는 건 그게 아니야. 오로지 자신들에게 길들여 좀 더 깊이 고개 숙이길 원할 뿐이지."

곧이어 잠수함이 부상하듯 검사장의 눈앞에 단 두 글자가 떠올랐다.

'정의(正義)'.

"정의로운 검사가 되어라."

검사복을 입으며 수없이도 많이 들었던 말이었다. 마음속으로 다짐했던 말이기도 했다. 하지만 실상 지켜내지 못한 것이었다.

검사장은 고개를 돌려 대남을 바라봤다. 대남은 아까 전과 마찬가지로 자신을 마주 바라보고 있었다.

검찰 인생의 마지막을 함께할 수 있는 파트너로서는 더할 나위 없는 재목이었다. 신임 검사이기는 했지만 경력이 무색할 정도로 뛰어난 재능을 겸비했고 무궁한 잠재력을 가지고 있었다. 지금 김대남이라는 젊은 검사는 정의라는 단어가 가지는 이상향에 가장 가까운 검사이기도 했다.

"자네는 정의로운 검사인가."

"부정부패를 일삼는 검사들을 잡아내는 게 정의라면."

대남은 짐짓 뜸을 들이고는 고개를 끄덕였다.

"얼추 가까운 것 같군요."

서부지검 형사부 검사들은 대남의 눈을 피하기에 급급했다. 조필우 차장의 녹취록이 일파만파 퍼지고 난 직후, 검사들은 혹여 자신에게 불똥이 튈까 마음을 졸였다. 그간 대남에게 쓴소리를 내뱉던 선배들도 종적을 감춘 뒤였다.

모세가 홍해를 가르듯, 대남이 가는 길에 있던 사람들이 양

갈래로 갈라졌다.

"김 검사, 어떻게 됐나……?"

대남이 검사장을 만나고 무사히 돌아오자, 민 검사가 놀란 눈초리로 물었다. 갑작스럽게 검사장을 만나러 간다고 해서 당황스러웠고 말릴 여유도 없었다.

대남은 그러한 민 검사의 심경을 아는지 모르는지 마실이라도 갔다 온 것처럼 대수롭지 않게 말했다.

"서부지검 내에 비리를 저지른 인물이 총 12명이라죠."

"차장을 제외하고는 11명이네."

"'형사부를 완전히 들어내야 한다'라."

서부지검 형사부 소속 12명의 검사가 연루된 사건이었다. 특히 부부장급 이상 되는 인사들의 모임이나 마찬가지였기에 실질적인 형사부의 실세들이 모인 것이나 다름없었다.

대남은 머릿속을 복잡하게 굴렸다.

"그들을 한자리에 모아주실 수 있으십니까?"

"한자리에?!"

민 검사의 눈이 휘둥그레졌다.

가뜩이나 차장의 녹취록이 공개된 이후 서부지검 형사부의 분위기는 가시밭길이라도 걷는 것처럼 흉흉했다.

저마다 고슴도치가 되어 가시를 드러내고는 다가오지 못하게 하고 있었다.

"그들을 한자리에 모아서 어떻게 하겠다는 건가?"

민 검사의 물음에 대남은 나직이 대답했다.

"고해성사라도 들어봐야 하지 않겠습니까."

서부지검 형사부 부부장급 이상의 검사들은 하나같이 의아한 공문을 받고는 눈살을 찌푸렸다.

내부 고발 안건에 대한 회의였으며, 발신자 명에 평검사 김대남의 이름이 적나라하게 기재되어 있었기 때문이다.

얼굴을 마주하고 싶지 않아도 사안이 사안이니만큼 어쩔 수 없이 발걸음을 옮길 수밖에 없었다.

"그 새끼가 차장님을 그렇게 만들어버렸는데, 우리까지 굴비 엮듯 엮으면 어떻게 되나."

"미꾸라지 하나가 잘못 들어와 온탕 흙탕물을 만드는 걸 보고만 있어야 하는 건지."

"망할 놈이 선배 알기를 어떻게 배워먹은 거야."

회의실에 모인 차장을 제외한 11명의 검사는 저마다 분노를 토해내고 있었다.

대부분이 김대남이라는 신임 검사에 대한 불평, 불만이었다. 이제 막 검찰에 발을 들인 초임이 회의를 주최한 것도 모자라, 서부지검의 실질적인 수장이라 할 수 있는 차장검사에게 물을 먹이지 않았는가.

끼리릭-

그 순간, 회의실의 문이 열리며 대남이 들어섰다. 다들 앉은 자리에서 대남을 노려보는 눈빛이 예사롭지 않았다.

뒤따라 들어온 민 검사는 침을 꿀꺽 삼키며 발걸음을 겨우 뗐지만 대남은 아무렇지 않은 표정으로 단상 위에 서서 앉아 있는 검사들을 내려봤다.

"현재 서부지검 형사부의 부장검사님들을 비롯해서 부부장검사님들까지 전부 제가 주최하는 회의에 참석해 주셔서 고개 숙여 감사드립니다."

"도대체 용건이 뭐야!"

형사1부 부장검사가 대남의 말에 다짜고짜 언성을 높였다. 저들 입장에서 대남은 평화롭던 서부지검을 찾은 불청객이나 다름없었다. 조금이라도 말실수를 했다가는 뜯어먹기라도 할 작정을 한 것처럼 의자에 앉은 검사들의 눈동자는 그 어느 때보다도 혈안이 되어 있었다.

"내부 고발 때문입니다."

공문을 받았을 때부터 예상은 했지만 정말로 대남이 내부 고발이라는 안건을 수면 위로 끄집어 올리자 검사들의 표정이 한껏 더 찌푸려졌다. 대남은 거기서 멈추지 않고 계속해서 말을 이었다.

"저보다 훨씬 더 오랫동안 검찰에 몸담으셨던 분들이니 검사라는 직업에 대해서는 그 누구보다 잘 알고 계실 거라 생각됩니다. 검사는 막강한 권한이 부여되는 만큼 도덕적, 윤리적 책임을 잊지 말고 공권력을 사용해야 합니다. 하나."

이어지는 뒷말에 모두가 눈을 부릅떴다.

"이 자리에 계신 분들은 그렇지 않았습니다."

"……!!"

"김 검사, 말이 심하네! 지금 우리 앞에서 초임이 할 말이 있고 못 할 말이 있는 것인데, 어디 검찰에서 일 년도 채 보내지 않은 놈이!"

대부분의 검사들이 공분을 터뜨렸다. 형사3부 부장검사의 경우 일전에 대남에게 책 잡힌 일이 있어서 그런지 말을 아낀 채 자리를 아끼고 있었지만 나머지 검사들의 경우에는 당장에라도 자리를 박차고 나설 만큼 목에 핏대가 서 있었다.

"우리가 잘못한 게 뭐가 있다고 그런 막말을 하나 지금!"

형사2부 부장검사가 노성을 터뜨리며 자리에서 벌떡 일어났다. 그는 11명의 검사 중 가장 위 기수로 서부지검 형사부의 실세 중 한 명이었다.

선배 검사의 꾸짖음에 나머지 검사들이 동조하며 대남을 뚫어져라 노려봤다.

"피의자와 부적절한 관계를 맺은 추문, 관할구역 내 불법 유흥업소들에게 불법 청탁, 검찰 감사가 내정되어 있던 기업들에게 떡값을 받은 것은 물론이거니와…… 하나하나씩 읊어드리면 창피하실 텐데요. 계속할까요?"

"……!!"

"여기 계신 분 중에 정말로 자신이 떳떳하다고 생각하시는 분은 자리에서 일어나서 이곳을 나가셔도 좋습니다."

대남의 말에 검사들이 각자 눈치를 살폈다. 웬만한 사람의 협박이었다면 자리를 박차고 나섰겠지만, 대남이 누군가. 요즘 언론의 가장 큰 관심을 받으며 연일 헤드라인을 장식하고 있었으며, 법조계 성골이라 불리는 조필우 차장검사에게 구속영장을 신청한 검사였다.

자칫했다가는 어떻게 나올지 몰라 다들 쉽게 자리에서 일어날 수가 없었다.

"지금 그런 말도 되지 않을 협박을 우리에게 하는 것인가, 우리가 누군지 잊었나?"

"다들 잘나신 대한민국 서울서부지검 형사부 소속 검사님들이시죠."

"지금 우리랑 장난이라도 하겠다는 겐가. 조필우 차장님도 모자라서 형사부 전체를 적으로 돌리겠다고? 그리고 네깟놈이 그렇게 주장한다고 한들 법정에서 그런 알량한 말재간이 통할 것 같은가!"

형사3부의 부부장검사였다. 그는 일전에 복도를 걷다 대남과 말다툼을 벌였던 전적이 있었기에 더욱 대남을 고까워했다. 대남은 부부장을 넌지시 쳐다보며 말했다.

"검사님, 제가 일전에 말씀드렸지 않습니까. 조만간에 조서실에서 뵙겠다고요. 피의자와 부적절한 관계를 유지하며 감형을 시킨 것은 물론이고, 떡값까지 받은 사실이 있으시던데 이건 어떻게 하실 생각이십니까."

"무, 무슨 소리를 하는지 모르겠구만. 증거라도 있나!"

"증거가 왜 없습니까?"

대남의 말에 부부장의 눈이 치켜 떠졌다.

"부랴부랴 여태껏 보관해 두었던 자료들을 파쇄기에 갈아냈다고 해서 설마 마음 놓고 계셨던 건 아니겠지요."

대남이 미리 준비해 두었던 자료들을 민 검사에게 건네받아 자리에서 들어 보이니 부부장의 동공이 마치 지진이라도 난 것처럼 극심하게 흔들리기 시작했다.

자리를 지키고 있던 다른 검사들도 마찬가지였다. 다들 내심 찔리는 게 있는 것인지 삽시간에 분노로 이글거렸던 표정들이 뭐라도 마려운 것처럼 좌불안석의 표정으로 뒤바뀌었다.

"오늘 오전 조필우 차장검사님에 대한 구속영장이 청구되었습니다."

"……."

"법원에서 구속영장을 기각할지 안 할지는 모르지만, 만약 기각되더라도 전 계속해서 구속영장을 청구할 계획입니다. 또한 은평동 살인 사건과 차장검사님의 일로 인해 상부에서 서부지검으로 내부감사를 실시하기로 결정했습니다."

"……!!"

공권력의 불신에 대해 국민들의 분노가 극에 달하고 있는 시점이었다.

5공 청산과 더불어 전 대통령들에 대한 엄벌에 대한 말들이 많아지고 있는 시점에서 서부지검에서 터진 일련의 일들을 어떻게 처리하나에 따라 국민들의 분노를 잠재울지, 아니면 불씨에 기름을 끼얹는 격이 될지 판가름이 날 터였다.

"만약 제가 지금 모은 자료들을 공개하게 된다면 어떻게 될 것 같습니까. 상부에서 과연 여러분 전원을 보존하기 위해 국민들의 비난마저도 감수할까요? 아니면 서부지검 형사부 구성원 자체를 재편성하는 게 빠를까요?"

회의실 내에는 적막감만이 감돌았다. 그 누구도 대남의 물음에 선뜻 대답하는 이가 없었다. 눈동자 굴러가는 소리만 가득한 가운데, 먼저 말문을 연 것은 제일 먼저 대남에게 언성을 높였던 부장검사였다.

"김 검사. 여기 있는 검사들은 말이야 전부 사법 고시라는 험난한 벽을 뚫고 온 엘리트들일세. 오랜 세월 동안 검찰에 몸 담으면서 선민의식이 생기지 않은 건 아니야. 하나 너무 깨끗한 물에는 그 무엇도 살 수 없는 법이네. 사람 사는 게 그렇지 않은가."

"……."

"내가 잘못하지 않았다는 건 아니야. 우리가 그동안 저질러왔던 과오는 인정하네만 그 모든 게 필연적으로 일어난 일들은 아니라는 것을 알아줬으면 좋겠군. 자네는 아직 검찰에서 생활을 오래 해보지 않아 모르겠지만 이런 작은 실수들은 헤아릴 수 없을 정도로 많이 일어나는 법이네. 그것들 하나하나를 전부 고쳐 잡으려면, 이 대한민국이라는 나라 자체를 바꿔야 해."

부장검사는 대남을 타이르듯 말했다. 여태껏 봐왔던 대남의 성정이라면 어떠한 돌발 행동이 벌어질지 몰랐다. 차라리 타협점을 찾아 사건이 조용해질 때까지 대남을 회유하는 것이 낫다고 판단한 것이었다.

"'대한민국이라는 나라 자체를 바꿔야 한다'라."

대남은 부장이 내뱉은 말을 곱씹어 생각했다.

"부장님. 검사란 무릇 성역 없는 수사를 펼쳐 대한민국을 더할 나위 없이 깨끗하게 만들어야 하는 직업적 소명 의식을 가져야 하는 법입니다. 그런데 비리들을 전부 고쳐 내기 위해서,

대한민국이라는 나라 자체를 바꿔야 한다니요. 이는 지극히 잘못된 생각입니다."

"잘못된 생각이라니?!"

부장의 의문에 대남이 천천히 주위를 훑으며 말했다.

"비리들을 전부 고쳐 잡으려면, 당신들부터 잡아야지요."

- 4장 -
발본색원(1)

"……!!"

부장검사를 포함한 회의실을 찾은 검사들의 표정이 왈칵 일그러졌다.

형사범들을 칼 같이 다루는 형사부의 검사들은 표정 관리가 뛰어나기로 유명하지만, 지금만큼은 그들도 어쩔 수 없는지 궁지에 몰린 쥐새끼 마냥 두려움과 분노로 눈빛이 거세게 흔들리고 있었다.

"왜 그렇게 다들 놀라십니까, 이 정도 비리를 저지르셨으면 애초에 위험을 감수할 생각까지 하셨을 텐데요."

대남의 말에 모두가 꿀 먹은 벙어리라도 된 것처럼 말문을 닫았다. 방금까지 대남을 타이르듯 설득하던 부장의 얼굴에도 굵은 땀방울이 맺혀 흐르고 있었다.

그 누가 선뜻 말을 꺼내기가 무서울 정도로 고요한 적막감만이 회의실 내에 짙게 깔렸다.

"차장님을 포함해서 총 12명의 검사를 아직 수습 딱지도 떼지 못한 초임 나부랭이가 잡겠다고 공언을 하고 있는 건가? 자네는 잘못 생각하고 있어. 내부 고발을 한다고 해서 상부에서 이토록 많은 검사에 대한 내부감사를 실시할 수 있겠는가?"

"......"

"여태까지 보인 상부의 태도를 살펴보면 검찰 역사상 전례 없던 대규모 내부 고발에 순순히 인정할 것 같은가? 오히려 내부 고발자의 입을 다물게 만들겠지. 결론적으로 말하자면 이 자리에 앉은 우리에게 내려질 형벌은 고작 해봐야 감봉이나 정직 따위가 전부일세. 내 말이 틀렸나?"

여태까지 말을 아끼고 있던 형사2부 부장검사였다. 그는 차장과 인접한 관계로 실질적인 차장의 오른팔로 불리는 이기도 했다. 대남은 부장의 말을 곱씹어 생각하며 고개를 천천히 주억거려 보였다.

"네. 완전히 틀린 말은 아니네요. 부장님이 말씀하신 대로 검찰 역사상 내부 고발에 대한 진지한 엄벌이 내려졌던 적은 제 기억상으로도 없으니까 말이죠. 수많은 비리를 저질러도 제 식구 감싸기에 급급해서 자체적으로 징계 절차를 밟을 수도 있는 일입니다."

대남이 순순히 인정하자 검사들의 표정도 점차 밝아졌다. 부장은 이 기세를 몰아 대남을 더욱 압박할 요량인지 의기양양한 미소를 지어 보이며 말했다.

"김 검사, 왜 사회에서 적을 만들지 말라고 하는지 알겠나. 검찰이라는 집단은 정글이나 마찬가지야. 자네는 정글 속의 생리를 파악하지도 못한 상태에서 이곳저곳 벌집을 쑤신 격이나 다름없어. 말 그대로 요즘 세상에 털어서 먼지 안 나오는 사람이 어디 있나?"

"먼지 안 나오는 사람이라."

"그래, 현재 차장님이 처한 상황이 다음엔 자네의 이야기가 될 수도 있고 말이야."

부장은 대남을 향해 보기 좋게 조소를 날려 보였다. 그제야 검사들도 마음이 놓이는지 대남이 들어 보였던 증거자료들에 대해서도 별다른 신경을 쓰지 않았다.

오히려 더욱 날 선 눈동자로 대남을 노려보는 이들도 있었다. 부장은 쐐기를 박듯 대남에게 물었다.

"우릴 이 자리에 부른 이유가 뭔가, 그 같잖은 협박이라도 들으라고 부른 겐가?"

대남은 고개를 저어 보였다.

"제 마지막 배려쯤으로 해두죠."

"뭐?"

이어지는 뒷말에 검사들이 눈을 부릅떴다.

"자수하는 게 보기에도 좋지 않을까 해서요."

대남과 형사부 검사들의 입씨름이 끝나고 회의실을 빠져나온 민 검사는 녹초가 되어 있었다.

11명의 검사 전원이 민 검사보다 위 기수의 선배들이었고 평소에는 눈도 제대로 못 마주치는 이들이었다. 그런데 그들을 상대하고 있자니, 진땀이 안 날래야 안 날 수가 없었다.

"김 검사, 자네는 괜찮나?"

민 검사의 물음에도 대남은 아무렇지 않게 자료들을 정리하고 있었다.

"뭐가 말입니까?"

"자수하는 게 좋지 않겠냐고 말하니까 부장들이 잡아먹을 듯이 소리쳤잖아. 난 내심 간이 밖으로 튀어나올 뻔했다. 그런데 그런 소리는 왜 한 거야. 난 솔직히 네가 오늘 갑자기 선배 검사들 한자리에 모은 것도 이해가 되지 않았다. 괜히 선전포고한 격이잖아."

민 검사는 오늘 대남이 서부지검 형사부 검사들과 대립했던 것이 내심 마음에 걸리는 듯했다.

가뜩이나 대남은 언론의 조명을 집중적으로 받으며 사방에
적이 깔린 상태인데, 같은 식구들에게 마저 적으로 확실하게
돌려 버리니 골치가 아플 수밖에 없었다.

"전 정말 그들을 위해서 한자리에 모은 것이었습니다."

"뭐?"

"제가 말하지 않았습니까, 고해성사를 위한 자리라고요."

민 검사는 저도 모르게 혀를 내둘렀다. 정말 오롯이 그들 입
으로 그들이 저지른 비리들을 직접 듣기 위한 자리인 줄은 꿈
에도 몰랐기 때문이다.

비록 차장보다는 직급이 낮은 검사들이었지만 대부분이 형
사부에서 난다 긴다 하는 검사들이었다. 대남의 배짱에 민 검
사가 놀라고 있을 무렵, 207실로 공문이 내려졌다.

"검사장님 대회의?"

대남의 회의가 끝나자마자 갑작스럽게 검사장 주최로 대회
의가 열린 것이었다.

공문의 내용엔 이렇다 할 회의 안건이 없이 공란으로 있었
으며 검사장의 주최로만 대회의가 열린다고 간략하게만 쓰여
있었다.

대상은 서부지검 검사 전원이었다.

서부지검 검사장 김명길은 이빨 빠진 호랑이라 불리었다. 차장 조필우가 서부지검을 자신의 손바닥에 올리듯 휘어잡았기에 검사들 사이에서 검사장의 평가는 그저 허수아비에 불과하다는 것이 중론이었다.

　은평동 살인 사건과 관련한 여론의 관심에도 굳게 말을 아끼던 검사장이 갑자기 대회의를 소집하니 검사들은 어안이 벙벙할 따름이다.

　"김 검사, 어떻게 된 일인지 혹시 알고 있나?"

　민 검사가 작은 목소리로 대남을 향해 물었다. 일전에 대남이 검사장과 단독으로 면담했다는 것을 알기에 물어본 것이지만 대남은 대답 없이 미소를 지어 보일 뿐이었다.

　민 검사는 뭐라 말을 잇기도 전에 대남과 자신에게로 쏟아지는 따가운 시선에 입을 닫았다.

　대회의가 열리는 대강당에는 서부지검의 검사들이 대다수 모였을 정도로 검은 정장을 차려입은 이들이 자리를 가득 메우고 있었다. 대남은 따가운 시선에도 불구하고 마치 아무 일 없다는 양 자리에 앉았다.

　"검사장님, 들어오십니다. 모두 정숙해 주십시오."

　강단 위에 서 있던 직원이 마이크를 통해 말하자, 시장 바닥 같이 시끄러웠던 장내가 삽시간 만에 고요해졌다. 검사장은 그러한 고요함을 뚫고 유유히 단상 위로 올라섰다. 모두 허수 아비 검사장이 과연 어떤 말을 할지 궁금한 표정들이었다.

"반갑습니다, 서부지검 검사 여러분. 지금 서부지검은 여태 껏 유례없었던 중대한 위기에 봉착했다고 해도 과언이 아닙니 다. 언론에서는 연일 서부지검을 향해 조명을 비추고 있으며 현재 조필우 차장검사가 내부 고발로 구속영장이 청구된 상태 입니다."

검사장의 목소리가 마이크를 타고 울려 퍼지자, 대남을 흘 겨보는 시선들이 더욱 늘어났다.

"먼저 이 소요의 사태를 만들어낸 장본인이라 할 수 있는 형 사3부 김대남 검사에게 묻고 싶네요. 작금의 상황이 이제 걷 잡을 수 없을 정도로 커져 개개인의 문제를 떠나 서부지검 전 체의 문제가 되어가고 있습니다. 지금 김대남 검사는 어떻게 생각하고 있을지 궁금하군요."

검사장의 물음에 모두의 시선이 일제히 대남에게로 향했다. 옆자리에 앉아 있던 민 검사가 놀라 움츠러들었지만 대남은 아무렇지 않게 자리에서 일어서서 마이크를 건네받았다.

"형사3부 검사 김대남입니다. 지금 이 자리에 검사장님을 제외하고도 수많은 선배 검사님들이 자리하고 계십니다. 저로 인해 눈살을 찌푸리는 분들도 계실 테고 손가락질을 하신다 해도 뭐라 드릴 말씀이 없습니다. 방송에 나가 공개적으로 서부지검의 치부를 들춘 일이 잘못된 일이라고 생각하지 않으니까요."

"……!!!"

대남의 발언에 민 검사가 눈을 질끈 감았다.

서부지검 검사 전원이 모인 자리에서 가감 없이 자신의 속내를 털어놓은 대남 덕분에 장내는 다시 소란스러워졌다.

"아니, 지금 검사장님이 말씀하시는데, 일개 평검사 나부랭이가 어디서 언성을 높여. 그리고 네 눈에는 여기 있는 선배들이 보이지도 않아! 확실하게 밝혀진 일도 아닌데 서부지검의 치부라고 단정 짓는 네 행위부터가 모순이야, 이 자식아!"

검사 중 한 명이 대남을 향해 목소리를 높였다.

"그럼, 치부가 아니라고 단정 지을 수 있습니까?"

"……."

대남의 단언에 검사들이 말을 잇지 못했다. 언론에 드러난 자료들만 보더라도 이미 조필우 차장을 필두로 서부지검 내에 부정부패를 일삼는 검사들이 있는 것이 확실시되었기 때문이다.

장내가 어수선해지자 다시 마이크를 잡은 사람은 다름 아닌 검사장이었다.

"김대남 검사의 생각을 잘 들어보았습니다. 그리고 지금 회의에 참석하신 서부지검 검사들의 공통된 생각도 어렴풋이나

마 알 수 있었습니다. 어떻게 보면 검사라는 직업은 그 무엇보다도 진실성을 추구해야 한다고 저는 생각합니다. 수십 년 전 검사로 임관하면서 다짐했던 그때의 마음처럼 말이죠."

검사장은 잠시나마 눈을 감았다 뜨고는 말을 이었다.

"지금 서부지검은 전국적으로 조롱의 대상이 되고 있습니다. 도덕과 정직이라는 신념을 가진 채 공권력을 행사해야 할 검찰이 불신의 표어가 돼서야 쓰겠습니까. 서부지검의 수장으로서 이러한 일이 벌어진 것에 대해 조직원 모두에게 고개 숙여 사과합니다."

"······!!"

서부지검의 수장인 김명길 검사장이 직접 저들에게 고개 숙이자, 다들 황당한 기색을 띄웠다.

실질적인 실세라는 조필우 차장에게 밀려 검사장이라는 직함마저 무색할 정도로 존재감이 없었던 이였지만 그래도 명색이 우두머리였다.

부하 직원들 앞에서 고개 숙인다는 것이 그에게 있어 얼마나 치욕스러운 일인지 상상조차 되지 않았다.

"이 회의를 주최한 까닭은 내부 고발에 관한 상부의 지시사항 때문입니다. 나 김명길은 이번 일이 종결되는 대로 검사장 직에서 물러날 것이며 수장으로서의 책임을 다지겠습니다. 하나 수장답게 마지막까지 가는 길에 있어 서부지검 내에서 벌어지는 모든 부정을 바로잡고 갈 계획입니다."

"……!!!!"

부정을 바로잡는다는 검사장의 발언에 검사들이 일순 놀랐다. 검사장은 거기서 말을 멈추지 않은 채 계속해서 발언을 이어나갔다.

"대검찰청에서는 현재 서부지검에 관한 특별 감사를 실시하기로 결정했으며, 그 범위는 형사부를 비롯한 기타 부서들까지 전원 포함이 됩니다. 감사 기간 내에 발견된 부정에 관해서는 심도 있는 조사를 통해 그 뿌리까지 뽑아내도록 노력하겠습니다."

"검, 검사장님. 갑자기 그건 좀."

"뭐가 말인가."

형사2부 부장검사가 놀란 눈동자로 손을 들고는 말했지만 검사장의 반문에 곧장 자리에 다시 앉을 수밖에 없었다.

"오랫동안 서부지검을 좀먹어왔던 폐단과 부정부패에 관해 이번 기회를 통해 발본색원할 것이며 금일 이후로 검사실에 비치된 자료들의 폐기를 전원 불허한다는 것을 알립니다."

검사장이 옷을 벗으면서까지 직접 내부에서 불거진 부정부패를 발본색원하겠다고 호언장담했다. 검사들은 앞으로 어떻게 일이 진행될지 갈피가 잡히지 않는 것인지, 황망한 표정을 한 채 낯빛이 거무죽죽해졌다.

"서부지검 내의 부정부패를 감사할 특별 편성은 검사장의 재량하에 선정하도록 하겠습니다. 앞으로 부정부패를 조사하며 서부지검을 자체적으로 수사할 담당 검사에는……."

이어지는 뒷말에 장내가 소란스러워졌다.

"김대남 검사를 임명하겠습니다."

"김, 김대남……!?"

회의실에 앉은 사람들은 마치 믿지 못할 이야기라도 들은 것처럼 의문스러운 시선으로 대남을 바라봤다.

하지만 이내 머릿속에 내부감사를 실시할 담당 검사가 대남이라는 사실이 각인되었는지 의문스럽던 시선은 당혹감으로 물들어 갔다.

"아, 아니, 검사장님! 지금 김대남 검사는 이제 막 서부지검에 발을 들인 초임 검사입니다. 그런데 그런 막중한 자리에 앉히다니요! 이건 윗선들을 무시한 처사나 다름없습니다."

부장검사가 다급히 언성을 높였다. 자리에서 일어나 대남과 검사장을 번갈아 바라보는 그의 얼굴은 조금 전의 당당함은 온데간데없고 홍당무만큼이나 벌겋게 달아올라 있었다.

하지만 부장검사가 나서자 다른 검사들도 고개를 끄덕이며 동조를 표했다.

"초임 검사에게는 과분한 자리입니다."

"아무래도 역량이 부족하지 않겠습니까."

"잘못된 판단이십니다."

여기저기서 한마디씩 볼멘소리가 터져 나왔다. 어쩌면 그들의 불만은 당연했다. 적게는 수년에서 많게는 수십 년에 이르기까지 검찰에 몸담은 기간이 있거늘, 아직 경력이 일 년도 채 되지 않은 햇병아리에게 조사를 받으라는 것이 자존심이 상하지 않을 수 없었기 때문이다.

또한 발언의 주체가 평소 허수아비로 알려진 검사장이었기에 직속 상관의 발언임에도 불구하고 많은 이들이 토를 달고 있었다.

"잠깐."

그 순간, 검사장이 손을 들어 소란스러운 장내를 조용히 만들었다. 모두의 이목이 쏠리자 검사장이 담담하고도 날카로운 목소리로 말을 이었다.

"지금 김대남 검사가 이번 서부지검 내사의 담당 검사로 배정된 것에 대해 불만을 품는 이들이 많은 것 같은데 말입니다. 형사2부 부장에게 묻고 싶군, 자네가 생각하기엔 김대남 검사가 이번 일을 못 해낼 것 같은가?"

검사장의 물음에 부장은 잠깐 당황하는 듯 보였으나 이내 자세를 고쳐잡고는 말했다.

"당연히! 해내기 어렵지 않겠습니까. 김대남 검사가 검사장님께 어떤 말을 했는지는 모르겠으나 그는 이제 막 서부지검에 들어온 초짜이고, 이러한 사태를 만든 장본인이자, 물을 흐리고 있는 주범입니다."

"주범이라."

"만약 김대남 검사에게 이번 내사를 맡기신다면 나머지 검사들을 명백히 무시한 처사나 다름없습니다. 이런 초짜 말고도 서부지검 내에는 유능한 검사들이 많이 있으니까요."

끝까지 자신의 의견을 피력하는 부장의 눈은 분노와 두려움이 뒤섞여 흐르고 있었다.

"유능한 검사들이 많다는 그 말, 부장은 책임질 수 있겠나?"

"검사장님, 그게 무슨 말씀이십니까……?"

"작금의 서부지검은 부정부패의 본산이라 여론의 질타를 받고 있지. 아니 땐 굴뚝에 연기 나지 않는다고, 과연 정의로운 검사들이 많았다면 이런 사태가 발생했을까 하는 의문이 드는군."

검사장의 말에 부장은 뭐라 반박하지 못하고 입을 다물 수밖에 없었다. 부장이 말을 멈추자 검사장은 분노한 장내의 검사들을 훑어보며 한 문단씩 천천히 말을 이었다.

"나 김명길은 서부지검의 검사장으로서 수십 년의 세월을 검찰에 이 한 몸 바쳐왔네. 자네들이 지금 왜 분노했는지 모르지 않아. 검찰같이 결속력이 강한 조직에선 상명하복의 위계질서가 철저히 이뤄져야 하고, 후배가 선배를 조사하는 기이

한 현상이 벌어져서는 안 되며 일어나서도 안 될 이야기지."

"사회적으로 야기되는 사건들을 처리함에 한결 부끄러움이 없어야 할 테지만 우리의 부정으로 인해 국민의 분노가 유발되었다고 생각하네. 사법고시를 공부할 적을 생각해 보게들. 모두 정의라는 신념을 가진 채 이 한 몸 국가에 헌신하겠다 했으나, 정작 영감님 소리 들어가며 모두가 고개를 숙이는 검사의 자리에 오르고 나니 출세에 야욕이 생긴 것이겠지. 나 또한 그러했고, 때문에 모두의 부정을 외면한 채 검사장의 자리에 오를 수 있었지만, 자네들이 벌이는 부정의 작태를 검사장인 내가 모를 것 같은가! 총대는 내가 먼저 매도록 하지. 그다음 자네들이 뒤따라 엄벌 받기를 바라네."

"……!!!"

검사장의 발언은 서부지검 검사들의 심정을 바늘로 찌르는 듯했다.

검사들은 저마다 마음속에 켕기는 것이 있는지 쉽사리 말문을 열지 못한 채 눈치를 살피기에 급급했다.

그 순간, 검사장이 대남을 바라보며 말했다.

"이번 내사를 맡게 될 김대남 검사, 앞으로 어떻게 임할 것인지 소감 한마디 해줄 수 있겠나."

대남이 자리에서 일어나자 주변의 시선이 일순 모였다.

옆자리에 앉아 있는 민 검사는 셔츠가 등에 딱 달라붙을 정도로 진땀을 흘리고 있었다.

"여러분들께서, 검찰에 오기 위해 인고의 수학을 했다는 것을 모르지 않습니다."

대남은 낮고도 차분한 목소리로 말을 시작했다.

"모두 대한민국의 인재(人材)들 이시죠. 하나 앞으로 제가 수사를 하게 될 대상에는 그러한 인재들이 포함될 것입니다. 검사로서의 자질을 잊어버린 채 출세와 물욕을 보상받기 위해 검찰을 하나의 수단으로 사용하는 그러한 인재(人災)들 말입니다."

모두 대남이 말하는 바가 무엇을 뜻하는지 알기에 침을 꿀꺽꿀꺽 삼킬 뿐이다.

"흔히들 말하길, 검찰의 칼날은 안으로 향하지 못한다는 말이 있습니다."

대남은 자신을 향한 따가운 시선을 받아내며 마지막 말을 내뱉었다.

"하나, 담당 검사인 저는 그 칼날을 역수로 잡겠습니다."

서부지검의 부정부패를 뿌리 뽑을 담당 검사로 대남이 내정되었다는 것이 알려지자 각종 언론사는 그것을 놓치지 않고 보도하기에 이르렀다.

화제의 근원지가 되어버린 서부지검은 검사장의 대회의가
있었던 뒤부터는 서로 인사말도 나누지 못하는 삭막한 곳이
되어버렸다.

"담당 부서는 어디서 시작한대? 중앙지검?"

"웬만하면 서부지검에서 끝낼 작정입니다."

대남의 말에 민 검사가 눈을 동그랗게 떴다. 당연히 대남이
곧장 중앙지검으로가 그곳에 수사본부를 차릴 줄 알았기 때
문이다. 대남은 그러한 민 검사의 의문을 해소시켜 주기라도
하듯 입을 열었다.

"굳이 지금 당장 중앙지검으로 갈 필요는 없다고 판단했습
니다. 검사장님께서도 제 의중을 알아주셨고요. 오히려 이렇
게 거대한 부정부패를 뿌리 뽑을 땐 적의 심장부에 있는 게 더
나은 법입니다."

"허."

"그렇기에 서부지검에서의 수사는 207실에서부터 시작할 겁
니다."

"뭐?!"

민 검사는 믿기지 못하겠다는 듯이 주위를 살피며 말했다.

"그 말인즉, 지금 207실을 특별 내사 수사본부로 쓰겠다는
말인가."

"그렇습니다."

"그럼, 나는 어떻게 되나?"

"당연히 저를 도와주셔야 하지 않겠습니까, 수습 검사인 저의 지도 검사이신데요."

민 검사는 예상은 하고 있었지만 놀란 기색을 지워낼 수는 없었다. 사실 검사장의 특별 내사 임명 자체가 예상치 못한 사건의 연속이었기 때문이다. 하나 언제 그랬냐는 듯이 민 검사가 주먹을 쥐어 보이며 힘차게 말했다.

"이제는 지도검사에서 내가 보조검사가 되어버렸군. 앞으로 잘 부탁하네, 김대남 검사. 그건 그렇고 누구를 가장 먼저 수사할 텐가?"

대남은 민 검사의 물음에 고개를 천천히 주억거려 보았다. 서부지검 내의 부정부패를 저지른 인물들은 상당수였다.

대강당에서 대남의 특임 임명에 반발을 표명했던 이들 중 과반수 이상이 해당될 것이다. 대남은 그들의 얼굴을 한 명 한 명 머릿속에 떠올리고는 말했다.

"아무래도 우두머리를 가장 먼저 잡아야겠지요."

서부지검 조필우 차장검사는 갑작스레 진행된 일련의 일들로 정신이 없었다.

자신에게 구속영장이 청구된 것도 모자라, 여태껏 허수아비로 전락해 오던 김명길 검사장이 직접 서부지검 특별 감사를 실행에 옮겼다. 하물며 지휘권자에 김대남을 임명시키다니, 그의 얼굴은 터질 듯 붉어졌다.

끼리릭-

조서실의 문이 열리고, 대남이 들어섰다. 먼저 자리에 앉아 있던 차장은 날 선 눈동자로 대남을 맞이했다. 대남은 그를 내려다보며 나직이 말했다.

"조필우 씨."

"……!!"

대남은 사건 파일을 소리 나게 내려놓았다.

"서부지검 내에서 벌어지는 부정부패의 연결 고리, 가장 최상위에는 당신이 있었습니다. 이에 관해서 할 말은 없으십니까?"

"자네가 내 죄를 입증할 수 있을 것 같나?"

대남이 말을 하지 않고 있자, 차장은 비릿한 조소를 머금으며 말을 이었다.

"국민들이 목소리를 높인다고 한들 검찰에서 공소권이 없다고 발표하면 그만인 일이지. 날 건드리겠다는 건 서부지검 자체를 헤집는 것과 마찬가지야. 특별 내사 담당 검사로 임명되었다지, 자네가 보기에는 그 자리가 무슨 자리 같나?"

"무슨 자리입니까."

"책임을 지는 자리지, 검사장이 괜히 자네를 거기에 앉혔을 것 같은가. 만약 일이 잘못되면 자네의 검찰 생활도 함께 끝난다는 것이야. 그렇기에 서부지검의 검사들이 마지막까지 반발하지 않은 것이겠지. 초임 검사가 선배들을 수사한다니, 가당키나 한 일인가?"

차장은 오랜 시간 동안 검찰 밖을 빠져나가지 못해 꾀죄죄하고 초췌해 보였지만 팔짱을 낀 채 대남을 노려보는 자세만큼은 예전의 모습과 별반 차이가 없었다.

"그래서 아직도 여유로우신 겁니까, 조필우 씨."

"내가 초조해야 할 이유가 뭐가 있나, 구속영장이 청구된 것 때문에 내가 길길이 날뛸 줄 알았나 보지. 그렇게 생각했다면 오산일세. 잠시 위기가 닥친 것일 뿐 내 검찰 인생이 끝나진 않아."

"끝나지 않는다……."

대남은 차장의 뻔뻔함에 고개를 절레절레 저어 보였다.

"조필우 씨는 어려서부터 엘리트 코스를 밟아왔더군요. 가문 자체가 뼈대 깊은 법조계 집안이다 보니 애초에 사법시험을 염두에 뒀다고 해도 과언이 아닙니다. 수석, 차석 사법연수원생들에게 불법 과외를 받은 뒤 검찰에 들어오고 나서부터 모두가 고개를 숙이며 조필우 씨를 떠받들어주니 말 그대로 눈에 뵈는 게 없었겠죠."

"부모를 잘 만나는 것도 홍복이지, 그것 가지고 나에게 나무라는 겐가."

"부모와 자식 사이는 천륜이라고 하는데 제가 어떻게 그걸 나무라겠습니까."

차장은 대남이 무슨 말을 할지 눈을 가늘게 뜨며 바라보았다. 대남은 차장의 시선을 담담히 받아내며 말했다.

"조필우 씨의 친부께서 대법관을 역임하셨더군요. 검사 출신의 대법관으로서 사법부의 의사 결정과 중요한 판결에 지대한 영향을 끼치셨고 말입니다. 말 그대로 삼권분립의 존엄성을 훼손시킬 정도로 본인의 야욕과 과거 정권을 위해 친부께서도 많은 부정을 저지르셨더군요."

"……!!"

"법조계 성골 집안이라고 익히 들어 알고 있었는데 파면 팔수록 나오는 정황들이 예삿일들이 아니었습니다. 이에 관해서는 인지하고 계셨겠죠, 조필우 씨."

대남의 말이 이어질수록 차장은 방금 전에 보였던 여유로운 자세는 어디 가고 얼굴에 홍조라도 띤 듯 시뻘게진 채로 콧김을 거세게 쉬어내고 있었다.

"그뿐만이 아닙니다. 친부께서 저지른 부정부패는 비단 대법관의 자리에서 불거진 사소한 오해라고 보기에는 너무나도 큰 비리들이 무수히도 엮어져 있었습니다. 조필우 씨가 누구에게 부정부패를 보고 배운 것인지 잘 알 수 있는 대목이기도 하죠. 전 이번 일을 그냥 좌시하지 않을 생각입니다."

"너, 너 이 새끼."

"조금 전에 말씀하셨죠, 부모 잘 만난 것도 홍복이라고 말이죠."

대남은 다시 한번 더 고개를 절레절레 저어 보이며 말했다.

"제가 보기엔 그 나물에 그 밥입니다."

쾅!

차장이 자리에서 벌떡 일어나며 철제 책상을 소리 나게 내려쳤다. 요란한 굉음이 조서실을 울렸지만 대남은 일말의 미동도 보이지 않은 채 자리를 지키고 있었다.

차장의 콧김 소리가 거세질 무렵, 대남이 고개를 들어 차장을 바라봤다.

"조필우 씨, 조서실에서 난동을 부리면 공무집행방해로 곧장 입건될 수 있다는 사실을 모르진 않으시겠죠."

"……."

"앉으세요. 좋은 말로 할 때."

차장은 한껏 미간을 찌푸려 보이다 어쩔 수 없다는 듯이 자리에 앉았다. 그럼에도 대남을 노려보는 시선에는 변함이 없었다. 대남은 차장의 시선을 묵묵히 받아내며 사건 파일에 관한 조사를 진행했다.

"은평동 살인 사건을 무마시키면서 얻은 보상이 뭡니까?"

"……."

"본인의 입으로는 밝힐 수 없을 정도로 많은 금품을 축적한 것은 물론이거니와 결론적으로 국회의원 서진철의 약점을 확실히 꿰어내게 되었으니 향후 정치계에 큰 입김을 불러일으킬 수 있으셨겠죠."

대남의 말이 계속 이어질수록 차장의 표정은 점점 일그러졌다. 그러나 끝끝내 묵비권을 행사하며 조사에 불협조로 응하는 차장이었다. 대남은 그러한 차장을 바라보며 나직이 말을 이었다.

"혹시, 과거에도 돈을 받고 사건을 무마시켜 준 적 있습니까?"

"그런 적 없대도!"

"그렇다면 무마시키지 않고 가짜 범인을 만들었던 적은요?"

차장은 켕기는 것이 있는지 더 이상 말문을 열지 않았다. 대남은 그 모습을 잠자코 지켜보다 한마디를 던졌다.

"서촌사거리 살인 사건."

"……!!!"

"차장님이 부장검사로 계실 때 관할구역에서 일어난 사건입니다. 서촌사거리에서 20대 미혼모가 흉기에 여러 차례 찔려

사망한 사건이죠. 당시에 올림픽 준비가 한창일 때라 정부 차원에서 흉악 범죄 근절에 앞장선 데다가, 결국 살해범을 잡지 못해 공중에 떠버린 서촌사거리 사건으로 인해 상부에서 압박이 상당히 들어왔을 테죠."

대남이 서촌사거리 사건을 언급하자, 부장의 얼굴에는 이전에는 찾아볼 수 없었던 진땀이 빗방울처럼 흘러내리고 있었다.

대남의 말 한 마디 한 마디에 그의 얼굴은 새까맣게 타들어가듯 낯빛이 눈에 띌 정도로 거무튀튀해졌다.

"당시에 차장님은 오리무중이 되어버린 서촌사거리 사건을 배정받았고 단 이틀 만에 멋지게 용의자를 체포하기에 이릅니다. 마치 원래 범인을 알고 있었던 것처럼 말입니다. 서촌사거리 사건의 범인으로 긴급체포된 이는 미혼모의 아버지였습니다."

"그, 그는 범인이 맞아."

"평소 알콜 중독이었던 미혼모의 아버지는 술을 먹으면 인사불성이 되기로 동네에서 유명한 주정꾼이었지만 술에 취하지 않았을 때는 세상 그 어떤 아버지보다도 딸을 아꼈다고 하더군요. 비가 오던 그 날도, 공장에서 늦게 일을 마치고 돌아오는 따님을 마중 나가기 위해 서촌사거리에 갔던 것이고요."

"……"

"확실한 물증이 없었는데 서부지검에서는 피해자의 아버지를 범인으로 긴급체포했습니다. 그 시각에 피해자를 만나러

갔다는 이유 하나만으로 말이죠."

대남의 말이 끝나자 차장이 황급히 고개를 저어 보였다.

"그때 범인도 자신의 죄를 인정하고 항소를 하지 않았네. 당시 수사 자료를 살펴보면 될 일이거늘. 수년이 지난 살인 사건까지 내게 덮어씌우려는 건가? 그러고도 네놈이 검사라고 할 수 있나!"

"수사 자료를 살펴본 것뿐입니다. 그런데 이상한 부분이 많더군요."

"뭐?"

대남의 말에 차장의 얼굴에 당혹감이 떠올랐다. 애초에 가짜 범인을 구상한 적이 있냐고 물었을 때부터 시작된 두려움일 터. 그리고 대남의 입을 통해 그 두려움은 현실이 되어 점차 차장에게 다가왔다.

"현장에서 발견된 흉기와 혈흔에서는 다른 남성의 DNA가 발견되었지만 수사 지휘부에서는 피해자의 아버지를 범인으로 확정 지은 채 더 이상 수사를 시도하지 않았었죠."

"……"

"그리고 피해자의 아버지는 항소를 하지 않았던 것이 아니라, 못했던 것입니다. 판결에 불복하고 항소를 준비하려 했으나, 검찰에서 나온 사람들이 자신에게 이렇게 말을 했다더군요. '만약 항소를 할 시에는 평생을 감옥에서 썩게 만들어주겠다고' 말입니다."

대남의 말이 끝나자 조서실 내에 쥐죽은 듯한 적막감이 감돌았다. 차장은 전처럼 말문을 먼저 열지 못했다. 그의 눈빛은 사정없이 흔들리는 게 마치 대남이 어디까지, 얼마나 알고 있을지 가늠하는 듯했다. 대남은 차장의 그러한 눈빛을 바라보다 담담하게 말했다.

"차장님이 그러셨습니까?"

"난 아니네. 그 사건을 맡기는 했지만 범인의 자백으로 수사가 종결된 사건이야. 이렇게 다시 캐물을 일이 아니란 말이지!"

"은평동 살인 사건도 처음에는 용의자가 자백을 했었지만 재수사를 진행해 보니 진범이 아니었다는 사실이 밝혀졌죠. 그렇다면 이번 서촌사거리 사건도 재심을 청구해야 하지 않겠습니까?"

재심(再審)이라는 말에 차장이 마른 입술을 쓸며 초조해했다. 대남은 자신의 물음에 답이 없는 차장을 바라보며 말을 이었다.

"변호사 조력하에 조사를 진행해도 모르쇠로 일관하실 테고, 제가 묻는 말에는 묵비권을 행사하며 입을 다무시니. 그래도 명색이 서부지검의 차장검사였는데 부끄럽지 않으십니까?"

"······난 아직도 서부지검의 차장검사일세."

"요즘 조필우 씨를 가리켜 언론에서 뭐라고 하는지 압니까.

양파라고 하더군요. 까면 깔수록 계속 또 다른 비리들이 나온다고요. 그런데 제가 보기엔 양파보다는 다른 별명이 더 어울리는 것 같군요. 검사는 괴물을 잡는 사람들인데 조필우 씨는 더 이상 서부지검의 차장검사도 아닌 데다 처음부터 검사라는 직함이 어울리지 않는 사람이죠."

이어지는 뒷말에도 차장은 자리를 지킨 채 앉아 있을 수밖에 없었다.

"주객전도네요. 괴물."

검찰 조사가 끝나고 대남이 돌아오자 민 검사가 곧장 준비해 두었던 수사 자료를 대남에게 건넸다. 대남은 자리에 앉기도 전에 서서 수사 자료를 훑어 내려갔다. 민 검사가 조사해 온 자료들은 온통 수년 전 일어났던 서촌사거리 사건에 관한 자료들이었다.

"김 검사, 차장이 뭐라고 하던가? 서촌사거리 사건에 대해서."

"뭐라고 했을 것 같습니까?"

"부인했겠지. 만약 그것마저 자신이 저지른 부정의 한 축이었다는 것이 들통나게 되면 검찰 생활은 물론이고 더 이상 빠져나갈 구멍 자체가 보이지 않을 테니 말이야. 그래도 너무 하는구만, 피해자의 아버지는 벌써 수년째 교도소에서 투옥 중인데 말이지."

대남은 씁쓸한 입맛을 다셨다. 조필우 차장에 관한 비리들을 역으로 조사하다 보니 발견한 사건이었다. 만약 차장이 내사를 당하지 않았더라면 영영 밝혀지지 않았을 것이다.

범법자에게 엄벌을 내려야 할 검찰이 도리어 범법을 저질렀다는 사실이 대남의 마음 한구석을 씁쓸하게 했다.

"기자들은 어떻게 되었습니까?"

"네가 말한 대로 모두 회의장으로 모여들고 있다. 그런데 아직 내사를 시작한 지 며칠 지나지도 않았는데 벌써부터 이렇게 기자들을 소집해도 될는지."

민 검사는 자체적으로 수사가 마무리된 상태에서 외부에 발표하는 것이 옳다고 생각했다. 자칫했다가 자신들이 수사했던 방향이 잘못된 것이라면 돌이킬 수 없는 실수를 범할 수 있기 때문이다.

"지검 내 다른 검사들 반응은요?"

"다들 숨죽이며 몰래 자신들이 저질렀던 부정부패에 관한 자료들을 없애기에 급급하겠지. 차장검사 집안도 움직인다는 소문이 있다. 차장 아버지가 전직 대법관이었지 않나, 윗선에 알력을 가하는 게 불 보듯 뻔한 일이지."

"그래서 내사 과정을 언론에 발표할 생각입니다."

대남은 수사 자료를 챙겨 자리에서 일어나며 뒤이어 말했다.

"이제 숨도 못 쉬게 만들어줘야죠."

서부지검에 마련된 대강당에 기자들이 속속들이 들어찼다. 일전에 특별 내사에 관한 검사장의 대회의가 벌어졌던 곳이니만큼 곳곳에 검찰 관계자들이 눈에 띄었다.

서부지검 내 검사들은 갑작스레 벌어지는 기자회견에 침음을 삼키며 긴장된 표정이 되었다. 검찰 내부 고발에 관한 내사 발표가 있는 자리인지라 기자들도 긴장된 마음인 것은 매한가지였다.

서부지검에서 벌어지는 부정부패를 서부지검에서 발표하는 꼴이 아닌가. 기자들은 과연 어떠한 특종이 오늘 터질지 손에 진땀을 진 채로 대남을 기다렸다.

끼리릭-

곧이어 대회의실의 문이 열리고 민 검사를 필두로 실무관계장이 자료를 들고 따라 들어왔다. 그 뒤는 이번 기자회견의 주역이 될 대남이 따랐다.

대남은 단상 위에 올라서 기자들을 바라보고는 짧게 인사말을 했다.

"서부지검 특별 내사 특임 검사로 배정된 검사 김대남입니다. 금일은 여태까지 수사되어온 서부지검 내 부정부패에 관한 1차 발표를 하기 위해 자리를 가지게 되었습니다. 국민적으로 관심이 많은 사건이기에 세밀하게는 아니더라도, 간략하게나마 수사 사항을 국민들에게 알리기 위해서 기자분들을 모셨습니다."

여기저기서 목울대 사이로 침 넘어가는 소리가 들려왔다.

"먼저 서부지검 특별 내사의 시발점이 된 조필우 차장검사에 관한 추가 발표가 있겠습니다. 애당초 조필우 차장검사에 관한 사건은 은평동 살인 사건에 제한되어 있었으나 내사를 진행하던 와중 또 다른 혐의점을 발견할 수가 있었습니다. 지금 발표될 혐의점과 연관된 사건에 관해선 이미 추가 기소가 이뤄진 상태임을 밝힙니다."

"무슨 사건입니까?"

어느 기자의 물음에 대남은 기다렸다는 듯이 대답했다.

"86년도에 불거진 서촌사거리 살인 사건입니다. 애당초 수사 결과에선 용의자를 특정 짓지 못했고 수사가 난항을 겪었으나 조필우 차장검사에게로 사건이 배정되고 난 후 수사는 급물살을 타고 범인을 긴급체포하기에 이르렀습니다. 당시 검경이 지목했던 범인은 살해당한 피해자의 아버지로서, 알콜중독자였다는 사실과 사건 당일 피해자를 마중 나갔다는 단편적인 사실 하나만으로 지목 수사에 돌입했었죠."

기자들은 혹시나 하는 생각으로 대남을 바라보고 있었다. 대남은 그 생각에다 기름을 끼얹듯 말을 이어나갔다.

"당시 밝혀졌던 증거들을 토대로 사건을 재구성해 보았지만 피해자의 아버지가 정 모 씨가 범인이라 특정 지을 수 있는 단서들은 일체 발견되지 않았으며, 또한 초동수사에서 습득된 증거 물품 등에서 발견된 DNA에서도 범인으로 지목된 정 모 씨의 DNA가 발견되지 않았습니다."

"……!!!"

"피해자의 아버지가 범인으로 단정 지어 수사가 종결되었고, 피해자의 하나밖에 없던 아들은 현재 보호자가 없어 보육원에 위탁된 상태입니다. 누군가 수사가 잘못되었다 쓴소리를 내뱉는 이가 있었더라면 여기까지 사건이 불거지지 않았을 것입니다."

"당시의 수사가 잘못되었다는 것을 김대남 검사께서는 확신할 수 있으십니까? 설령 수사가 잘못되었다 하더라도 우연이 겹쳐 일어났을 가능성은……."

"우연이 겹쳤을 가능성은 없습니다. 당시 수사를 담당했던 검찰 측에서 정 모 씨가 판결에 불복하고 항소를 진행하니 항소를 진행하지 못하도록 겁박했다는 사실도 추가로 밝혀내었습니다."

"……!"

"잠, 잠깐만요. 지금 그 말인즉 검찰에서 가짜 범인을 만들어내 누명을 씌웠다는 이야기입니까."

기자가 놀라 소리쳤다. 만약 서촌사거리마저 조필우 차장이 조작한 사건임이 드러난다면, 은평동 살인 사건으로 인해 공권력에 대한 불신이 점화된 데 화룡점정을 찍는 격이었다. 대남은 짧게 고개를 끄덕이며 말했다.

"그렇습니다."

"허……!!"

여기저기서 탄식 소리가 터져 나왔다. 대부분이 믿지 못하겠다는 듯이 눈동자를 굴리고 있었고 기자회견을 참관하던 검찰 관계자들의 표정은 마치 죽은 사람들처럼 창백해지기 시작했다.

기자회견장은 마치 폭풍전야를 방불케 할 정도로 고요함이 낮게 깔렸다. 기자들의 얼굴에는 놀라움이 가득했고 검찰 관계자들은 놀라움을 넘어선 당혹스러움이 얼굴 가득 묻어나고 있었다.

대남은 그들의 면면을 하나하나 훑어보면서 천천히 말문을 열었다.

"질문받겠습니다."

질문을 받겠다는 대남의 말에 기자들은 서서히 정신을 차리기 시작했다. 그제야 눈치를 보기 급급하던 기자들이 너 나 할 것 없이 손을 번쩍 들었다.

삽시간에 대회의실을 가득 메운 기자들의 손이 전부 천장을 가리키며 치솟았다.

대남은 앞쪽에서 가장 먼저 손을 든 여기자에게 손짓하며 발언권을 주었다.

"죄, 죄송하지만 다시 한번 더 묻겠습니다. 지금 김대남 검사께서는 은평동 살인 사건보다 이전에 일어난 서촌사거리 살인 사건 또한 검찰에 의해 조작된 사건이라고 공표하셨는데 제가 제대로 이해한 게 맞습니까? 만약 맞다면 이 사건은 앞으로 어떻게 진행될지?"

"서촌사거리 살인 사건의 경우 현재 재심을 청구해 놓은 상태입니다. 검찰은 하루빨리 사건의 진상이 밝혀지도록 노력할 것입니다. 또한 포괄적으로는 검찰에 의해 조작된 사건이긴 하지만."

대남은 기자들을 향해 살인 사건 조작의 주체가 누구인지 다시 한번 더 각인시켜 주었다.

"조사한 바에 따르면 조필우 차장검사의 단독적인 조작으로 드러났기에 섣부른 추측은 삼가셨으면 좋겠습니다."

"……!!"

"그럼 다음 질문받겠습니다."

은평동 살인 사건에 대한 재조사가 수면 위로 올라왔을 적에만 하더라도 기자들은 이번 사건이 흐지부지 넘어갈 것이라 예견했다. 내부 고발의 대상인 조필우 차장검사의 집안이 법조계에서 꽤나 큰 알력을 가진 가문이었기 때문이다.

그런데 이렇게 캐면 캘수록 사건이 흘러나오니 앞으로 판국이 달라질 것이라 모두 직감적으로 느끼고 있었다.

"현재 특별 내사 특임 검사로 임명되셨는데 서부지검 내에 조사를 받고 있는 검사들이 얼마나 됩니까?"

순간 모두가 숨을 죽였다. 서부지검 내에 부정부패와 관련해 내사를 받고 있는 검사들의 숫자를 물어보는 기자의 질문은 말 그대로 지검 내에 얼마나 많은 비리가 존재하냐는 말과 일맥상통했기 때문이다.

기자들은 수첩을 잡은 손에 힘을 주었고, 검찰 관계자들의 표정은 초조함을 넘어서 안절부절못했다.

"현재까지 조사를 받고 있는 인원은 조필우 차장검사를 포함해 총 12명이며, 자세한 인적사항은 아직 내사가 진행 중에 있어 발표할 수 없음을 알려드립니다."

"……!!!"

"12, 12명이나 된다는 말입니까?!"

"그렇습니다."

대남의 말로 인해 또 한 번의 폭풍이 기자회견장을 덮쳤다.

기자들의 수군거리는 소리는 이제 검찰 관계자의 얼굴을 붉히게 할 정도였고 차마 더 이상은 듣지 못하겠는지 자리를 뜨는 검찰 관계자들도 속속들이 생겨났다.

"12명이라니……."

기자들이 중얼거렸다. 12명의 숫자가 의미하는 바는 단순한 숫자 그 이상이었기 때문이다.

차장검사를 필두로 총 12명의 검사가 부정부패와 연관이 되어 있다는 말은 한 부서를 통째로 들어내겠다는 말과 같았다.

발언의 주체가 내사를 맡은 특임 검사이니 그 신빙성은 당연한 것이었고 뒤따르는 파장이 얼마나 거대할지 기자들은 감조차 잡히지 않았다.

"대한민국은 현재 공권력의 불신에 대해 하루가 다르게 목소리가 높아지고 있는 시점입니다. 은평동 살인 사건이 있기 이전에는 군부정권에 대한 권력 남용 의혹이 싹을 틔웠고 알게 모르게 피해를 받은 이들이 곳곳에 자리하고 있지만 그들의 목소리에 그 누구도 귀 기울여 주지 않았습니다."

대남은 한 차례 더 목소리에 힘을 주었다.

"오히려 서촌사거리 사건의 용의자 정 모 씨와 같이 진실 된 도움을 청하는 손길에 겁박하기 일쑤였습니다. 실수와 치부를 들추려는 자들에게는 내부 고발자라는 이름과 함께 죄인처럼 좌천을 당해야 했고, 오히려 상부에선 자신들의 치부를 감추기에 급급했습니다. 사태가 이러한데 제대로 된 내사가 이뤄질 리가 있었겠습니까."

"……."

"여태껏 검찰에서 이뤄진 부정부패를 바로잡은 역사가 헌정 이래 있었습니까?"

대남의 말이 이어질수록 수군거렸던 기자들의 목소리는 점차 줄어들었다.

애초에 생방송으로 진행되는 시사 토론 프로그램에 나와 검찰의 치부를 들추고 차장검사를 고발하는 대남의 행동부터가 예사 인물이 행할 만한 일이 아니긴 했지만 지금 기자회견장에서의 발언은 파격 그 자체였다.

"생각건대, 단 한 건도 없었습니다."

"……!!!"

"하지만 이번 특별 내사는 다를 것입니다. 서부지검 내 내사를 맡은 특임 검사로서 이번에 불거진 부정부패와 관련한 인물들은 지위를 막론하고 모두 엄중한 법정의 처벌을 받게 할 것을 이 자리에서 다짐하는 바입니다. 그리고 그 시작은……."

대남은 입을 벌리고 있는 기자들을 향해 단언했다.

"조필우 차장검사가 될 것입니다."

민 검사가 창문 커튼을 걷어내고 창밖으로 슬쩍 고개를 내밀었다.

서부지검 정문에선 며칠째 기자들이 진을 치고 있었다. 언론은 파격적인 대남의 기자회견을 잊지 못한 것인지 또 다른 특종을 기다리는 것인지 대남의 입에서 한마디라도 더 들으려 혈안이 되어 있었다.

민 검사가 고개를 절레절레 저어 보이며 대남을 바라봤다.

"김 검사, 이거 일이 크게 번졌어. 기자들이 온통 자네 입에서 뭐라도 건지길 원하는 표정이야. 국민들의 목소리가 높아졌으니 검찰청 앞에서 저렇게 죽을 치고 있는 것도 이해는 간다만, 옛날 같았으면 제아무리 기자라도 무서워서 못 할 짓이지."

민 검사는 자신의 말에도 아무렇지 않아 하나는 대남을 바라보며 감탄했다. 지난번 기자회견을 시작으로 점차 세상이 바뀌고 있었다.

자정작용을 통해 스스로 변한 것이 아닌 바로 대남이 일으킨 변화였다. 검사라고 할지라도 이토록 막강한 사회적 파장을 일으킨 이는 전무후무할 것이다.

"내곡동에서는 별다른 움직임이 없습니까?"

"그쪽에서도 이번 서부지검 내사와 관련해서는 최대한 자제

하기로 마음먹은 모양이더라고, 자네가 이리 일을 벌였으니 괜히 브레이크를 걸었다가는 불똥이 튈까 무서운 게지. 차라리 5공 청산에 앞서 국민들의 화를 달래기에는 안성맞춤이라 생각한 것일 수도 있고."

"국민들의 화를 달랜다……."

남산 시대가 막을 내리고 국가안전기획부(안기부)가 내곡동으로 이사한 지도 어언 수개월이 흘렀다.

서부지검 내사를 단순히 국민들의 화를 달래는 용도로 쓰겠다는 안기부의 생각을 대남 또한 모르지는 않았다.

"이 정도로 되겠습니까?"

"뭐가 말인가?"

"수십 년에 걸친 국민들의 울분을 서부지검 한 번 청소하는 거로 달랠 수가 있겠냐는 말입니다."

"……그럼?"

민 검사는 짐짓 염려하며 되물었다. 검찰 역사상 이토록 많은 검사가 내부 고발이라는 이름 앞에 국민들에게 밝혀진 적이 있었던가.

항간에는 검찰 개혁이라는 말이 흘러나올 정도로 대남은 엄청난 업적을 이루고 있었지만 그것만으로 만족하지 않는 듯했다.

"서부지검의 부정부패와 연관된 인사들은 지위를 막론하고 잡겠다고 공언했습니다. 그 말은 지켜야겠지요."

민 검사의 목울대로 침 넘어가는 소리만이 들려왔다.

실무관과 계장의 얼굴에는 두려움과 긴장감이 뒤섞여 흐르고 있었다.

민 검사라고 다르지 않았다. 여태껏 대남의 옆에서 내사를 도와왔던 민 검사마저도 입술이 바짝바짝 타는 듯 보였다. 그에 비해 대남은 승합차 좌석에 앉아 여유롭게 밖을 관망하고 있었다.

"어!"

정문 앞에서 진을 치고 있던 기자 중 누군가가 소리쳤다. 그의 목소리를 필두로 시선이 모였다. 서부지검 정문에서 대형차 여러 대가 동시에 쏟아져 나오고 있었다.

서부지검 내사가 이뤄지는 와중에 몇 대의 대형차가 긴급히 출동하는 것을 보고 기자들은 직감적으로 자리에서 벌떡 일어났다.

마포대로를 지나 30여 분을 달린 대형차들이 도착한 곳은 다름 아닌 삼성동의 저택가였다.

삼엄한 경비와 더불어 하늘 높이 솟은 담벼락이 존재하는 대형 저택들은 그 모습만으로도 보는 이들에게 위압감을 주었다.

"조, 조창현 대법관 저택 아니야?!"

검찰 차량을 따라온 자동차에서 기자들이 내리고는 그렇게 말했다. 시사부 기자들답게 고위인사들의 저택은 줄줄이 꿰고 있었는데 검찰 차량이 도착한 곳이 바로 조창현 전 대법관의 저택이었다.

그제야 기자들의 머릿속에 하나의 사실이 떠올랐다.

"조필우 차장검사 친부가 조창현 대법관 아니었어?"

"어! 김대남 검사다!"

"……!!"

대남은 멀리 떨어져 있는 기자들에게 잘 보이게 가장 먼저 차량에서 내렸다. 조용했던 저택가는 삽시간에 소란스러워졌다.

삼성동 저택가에서 벌어진 때아닌 풍경에 경비들은 어쩔 줄 몰라 했지만 검찰 차량들이 진을 치고 검찰 관계자들이 줄지어 차량에서 내리자 다들 쉽게 접근하지 못했다.

"이렇게 광고를 하면서 와야 했냐."

민 검사가 주변의 시선이 부담스러운 듯 대남에게 물었지만 대남은 도리어 은은한 미소를 띠어 보이며 말했다.

"제가 말했지 않습니까, 단순히 서부지검 내사만으로는 국민들의 울분이 풀리지 않을 거라고요. 언론에 저희 서부지검 특별 내사팀이 일을 잘하고 있다는 것을 보여줘야 국민들도 그들의 악행을 낱낱이 알 수 있죠."

말을 끝마친 대남이 대저택의 정문으로 다가가 초인종을 눌렀다.

-누구십니까.

"서울서부지방검찰청 특별 내사 특임 검사 김대남입니다. 자택에 조창현 씨 계십니까."

-여길 왜 찾아온 거죠? 지금 어르신은 자택에 안 계십니다.

"서부지검 내사와 관련해 조필우 씨의 비리와 조창현 씨가 연관되어 있다는 혐의점이 발견되어 긴급체포하기 위해 왔습니다. 일단 자택에 계시는지 확인을 해야 하니 문을 열어주시기 바랍니다."

초인종 너머로 목소리가 들려오지 않았다.

기자들은 숨죽여 그 모습을 바라보고 있었다. 그들의 손에는 언제나 들려 있던 수첩 대신 카메라가 들려 있었다.

이토록 공개적으로 긴급체포를 실시한 적이 없었던지라 검찰 관계자들의 얼굴에는 그 어느 때보다 긴장감이 서려 있었다.

-현재 어르신이 자택에 안 계시다고 말하지 않았습니까, 오늘은 이만 돌아가세요. 따로 연락을 드리지요.

뻔한 답변이 인터폰을 타고 흘러나왔다. 대남은 다시 한번 말했다.

"형법 제200조 3항에 의거해 조필우 씨의 부정부패와 관련해 긴밀히 협조했을 가능성이 농후한 조창현 씨를 긴급체포하겠습니다. 자택 안을 확인할지 말지 결정하는 것은 저희 검찰의 몫입니다."

-당신 누구야, 여기가 어딘 줄 알고 지금 와서 행패야! 검찰총장이 와도 문 못 열어주니까 알아서 가!! 어르신이 따로 서부지검에 연락을 드린다고 하니.

대남의 말에 인터폰 너머에선 강짜 부리는 신경질적인 목소리가 들려왔다.

그 목소리에 대남을 뒤따라왔던 사법경찰관들마저도 진땀을 흘렸다.

평범한 이의 체포 장면이었다면 이토록 떨릴 일도 없었을 테지만 상대는 다름 아닌 대법관을 역임했던 권력가 조창현이었다.

"그럼, 공권력을 행사하겠습니다."

대남의 발언에 기자들의 이목이 쏠렸다. 민 검사는 연신 긴장이 되는지 마른 입술을 쓸었다. 철옹성같이 잠긴 대문은 더 이상 말이 없었다.

대남은 대문을 향해 사형선고를 내리듯 나직이 단언했다.

"부숴."

대남의 목소리에 기자들이 카메라를 치켜들었다.

"정말 부숴도 되는 겁니까?"

사법경찰관이 대남을 바라보며 물었다. 그들의 얼굴에는 곤란함이 가득했다. 권력가 조창현의 저택 대문을 부수는 일은 웬만한 담력으로는 해낼 수 없는 일이었다.

대남은 대문을 부수기 위해 준비해 온 대형 해머를 받아 들고는 말했다.

"잘 보세요."

쾅!

"⋯⋯!!!"

철옹성 같은 대문이 굉음을 일으키며 거세게 진동했다. 걸쇠가 걸려 있던 부분은 어느새 움푹 파여 들어갔을 정도였다.

기자들은 입을 벌린 채 어찌할 줄 모르다가 이내 카메라 셔터를 연신 눌러대기 시작했다.

사법 경찰관들은 대남이 솔선수범해서 어쩔 수 없다는 듯 고개를 끄덕여 보이고는 곧장 대문을 부쉈다.

"김, 김 검사. 설득하거나, 열쇠공 불러서 정문을 따도 되는 건데 이렇게 부수면 뒷감당은 어찌하려고. 오함마 준비하라고 했을 때부터 진작 알아봤어야 했는데."

민 검사는 대남의 대범한 행동에 혀를 내둘렀다. 권력가 조창현이 누구인가. 대법관을 역임하고 법조계에서 한 발자국 물러난 뒤에도 아직까지 법조계, 정계에 막강한 영향력을 지닌 이였다. 검찰총장마저도 그의 후배 기수라 검찰에서 그를 얕잡아 볼 수 있는 이는 아예 없다고 봐도 무방했다.

대남은 저 멀리 카메라를 치켜든 기자들을 눈짓으로 가리키고는 말했다.

"무대도 준비되었으니 제대로 해야 하지 않겠습니까."

"허……."

"다 되었네요, 들어갑시다."

언제까지고 굳게 닫혀 있을 것 같던 대문은 걸쇠 부분이 형체를 알아볼 수 없을 정도로 망가진 뒤였다.

녹슨 철문이 열리듯 기괴한 소리를 내며 문이 열렸고 대남을 필두로 검찰청 인원들이 걸음을 옮겼다.

"지금 조창현 저택 대문 부순 거 맞지……?"

"여기가 조창현 대법관 저택인 거 확실해?"

"대, 대단하다."

저택 안까지 동행할 수 없는 기자들은 멀찍이 떨어진 자리에서 조금 전에 벌어진 일들을 회상하며 놀라움을 감추지 못하고 있었다.

마치 영화와 같은 장면이었다. 현직 검사가 권력가의 저택을 부수고 들어가다니, 기자들은 아직도 흥분이 가시지 않은 듯 보였다.

"와, 집이 엄청 으리으리하네."

민 검사를 비롯한 검찰 관계자들은 저택 안의 풍경에 눈이 휘둥그레졌다. 하늘 높이 치솟은 담벼락 안으로는 동양화에나 나올 법한 조경이 펼쳐지고 있었다.

돌계단 옆으로 자리한 넓은 연못에는 황금 잉어가 유려하게 유영하고 있었다. 돌계단을 거슬러 한참이나 올라가고 나서야 저택이 보였다.

"지금 어딜 함부로 들어와!"

그 순간, 저택 안에서 정장을 차려입은 남성이 걸어 나와 대남 일행을 제지했다.

"그러게 문 열라고 하지 않았습니까. 조창현 씨 긴급체포를 위해 왔습니다."

"어르신은 자택에 안 계시다고 말했잖소! 이렇게 함부로 문을 부수고 들어오는 게 가당키나 한가! 당신들이 어디 소속인지는 잘 모르겠지만 번지수 잘못 골랐어. 여기가 어딘지 모르나. 바로 조창현 어르신의 집이야. 좋은 말로 할 때 돌아가!"

"좋은 말로 할 필요 없습니다."

대남은 손을 들어 앞을 가로막은 남자의 팔목을 꺾어버렸다. 그 모습에 민 검사마저 얼빠진 표정이 되었지만 대남은 아무렇지 않은 얼굴로 말했다.

"공무집행방해죄로 현장 체포하겠습니다."

"뭐! 너 이 새끼 여기가 어딘 줄 알고!"

"어디긴 어딥니까! 조창현 씨 집이죠."

"으아아악!"

대남은 남성의 손을 뒤로 더 꺾은 다음 뒤에서 기다리고 있던 사법경찰관에게 인계했다. 조창현의 저택은 대문과 마찬가지로 현관문이 굳게 닫혀 있었다.

민 검사는 이번에도 대남이 해머로 문을 내려칠까 걱정되었지만 다행히도 문이 저절로 열렸다.

대남과 일행들은 가타부타 말하지 않고 집안으로 들어섰다. 바깥 풍경과 마찬가지로 휘황찬란하다는 말이 턱 어울릴 정도로 넓은 집안은 대리석 바닥과 함께 높이 솟은 천장에는 고급스러워 보이는 샹들리에가 걸려 있었다.

일하는 사람들로 추정되는 모두가 겁에 질린 표정이었다. 집안이 꽤나 소란스러워지자 드디어 주인이 나타났다.

"자네는 누군가."

개량 한복 차림에 검버섯이 피긴 했지만 기름기가 좔좔 흐르는 피부, 늘어진 볼살과 매섭게 올라간 눈꼬리는 그가 얼마나 깐깐한 사람인지를 나타내고 있었다.

권력가 조창현은 느린 걸음걸이로 대남 일행을 맞이했다.

"집에 계셨군요. 현재 서부지검 특별 내사를 맡고 있는 특임 검사 김대남입니다."

"이렇게 남의 집안을 소란스럽게 할 정도로 급히 날 찾은 용무가 뭔가."

"조필우 씨의 비리 관련해 조창현 씨께서 긴밀히 협조를 했다는 정황을 포착했습니다. 때문에 긴급체포를 해야 하는 상황이라, 방금 인터폰을 통해 말씀드렸는데요. 아마 아랫사람이 말을 전하지 않았거나 혹은 나이가 드셔서 귀가 어두우신 모양이십니다."

"······!!"

대남의 거침없는 발언에 모두가 자리에 멈춰 섰다. 가정부들은 이미 겁에 질린 표정으로 몸을 숨기고 있는 게 눈에 보일 지경이었다.

조창현은 대남을 한참이나 뚫어져라 쳐다보더니 이내 조소를 머금으며 운을 띄웠다.

"요즘 언론에서 한참 떠들던 평검사 나부랭이구먼. 아들놈 하나가 실수를 저지른 것을 동네방네 소문을 내는 것도 모자라 내 집에까지 쳐들어오다니. 배짱이 좋아, 아주 좋군. 소싯적에 날 보는 것 같아."

"아드님이 저지른 일은 실수 정도가 아닌데 말입니다."

"검찰총장도 내 앞에서는 기가 죽는데 말이야, 왜인지 아나?"

조창현은 눈을 가늘게 뜨고는 대남을 훑어보았다. 신문에서 보았던 것처럼 강단 있는 생김새의 검사였다.

하나, 오랜 세월 법조계에 몸담으면서 산전수전을 다 겪은 조창현의 관록엔 그저 햇병아리에 불과해 보였다.

조창현은 대남을 뒤따라 들어온 검찰 일행들을 하나하나 살펴보며 말했다.

"난 내 사람을 건드리는 걸 아주 싫어하지. 여기 있는 사람들의 신상 명세 정도는 몇 시간 후면 내 책상 위에 있을 테지. 또한 내 전화 한 통이면 자네들의 앞날이 가로막히는 것은 그다지 어려운 일도 아니야."

"……."

"자네들은 지금 사선에 발을 들인 것이야."

조창현의 볼이 실룩였다. 그의 입가에는 명백히 검찰 일행을 조롱하는 조소가 피어올랐다.

장내는 순식간에 침울한 분위기가 짙게 깔렸다. 그 누구도 먼저 말문을 열지 않았다. 마치 먼저 말문을 여는 사람부터 조창현의 표적이 될까 두려워하는 기색이 얼굴들에 가득했다.

"평소에도 그리 행동하십니까?"

"……뭐? 자네 지금 나한테 뭐라고 했나?"

"조창현 씨는 아랫사람들을 권력으로 짓누르는 게 참으로 자연스러워 보이는군요. 아드님께서도 사회적 지위만 따지며 검찰 조사에서 안하무인처럼 행동하던데, 아비라고 별반 다를 게 있겠습니까? 그 아버지에 그 아들이죠. 사람이 잘못한 게 있으면 벌을 받는 게 마땅하고, 대법관이셨기에 법적 윤리에 대해서 그 누구보다 잘 아실 텐데…… 혹."

대남은 머리를 긁적이고는 말을 이었다.

"대법관 자리도 이렇게 얻어내신 겁니까?"

"……!!!"

호랑이의 코털을 건드리다 못해 뽑아버린 격이었다. 조창현의 깊게 팬 이맛살이 거세게 찌푸려졌다.

입은 명백히 비틀려 있었지만 주먹 위로 꿈틀거리는 핏대는 금방이라도 터질 듯이 부풀어 올라 있었다.

"뭣들 합니까, 어서 가택수사 진행하세요!"

대남의 호령에 그제야 검찰 일행들이 정신을 차렸다. 다들 먼저 발을 떼기 망설이는 듯하다가 민 검사가 앞장서 지휘하니 다들 결심한 표정으로 걸음을 옮겼다.

조창현은 모든 과정을 노기 어린 시선으로 노려보다 대남을 향해 물었다.

"이 집안에서 자네가 원하는 것들이 나올 것 같은가."

"나올 리가 없겠죠. 어차피 이미 다 정리했을 것 아닙니까."

"그럼, 여긴 왜?"

대남은 조창현을 향해 비릿한 미소를 머금어 보였다.

"조창현 씨가 저지른 악행이 얼마인데 그냥 잡아가면 되겠습니까. 적어도 인과응보 사필귀정이라는 말이 어울릴 정도는

돼야지요. 항상 당해오던 사람들도 지금만큼은 저희를 통해 통쾌해야 하지 않겠습니까."

대남의 뻔뻔스러운 대답에 조창현은 분노를 넘어서 헛웃음을 토했다.

신문기사들과 방송에서 보았을 적에만 해도 대남이 예사 인물은 아닌 줄 알고 있었지만 이 정도일 줄은 몰랐다. 과연 그 누가 벌건 대낮에 자신의 집 대문을 부수고 들어와 이토록 정신 사납게 만들 수가 있다는 말인가.

"그래, 시작은 동부지검에서부터였지 동부지검 검사장을 잡아내고 법무법인 태광의 비리를 파헤치고 이제는 서부지검을 뒤집어엎었다고? 짧은 시간 내에 많은 짓을 하고 있군. 하지만 과연 그 끝에 누가 웃을지는 두고 봐야 하지 않겠나."

"조창현 씨는 본인이 웃을 것 같습니까?"

"당연한 소리. 자네 앞날은 이미 가로막힌 것이나 다름없어."

대남은 조창현의 말에 고개를 절레절레 저어 보이며 말했다.

"제가 보기엔 당신 앞날이 무저갱입니다. 가로막힌 건 부수면 될 일이고요."

수 시간이 흐르고 난 뒤에야 저택에서 검찰 일행이 걸어 나오기 시작했다. 그들의 손에는 조창현의 가택에서 찾아낸 여러 자료가 박스에 담겨 있었다.

저택가 주위에 진을 치고 있던 기자들이 그 모습에 자리에서 벌떡 일어나 카메라를 다시 잡아 들었다.

"조, 조창현 대법관이다!"

누군가의 외침을 시작으로 이목이 황급히 모이기 시작했다. 기자들은 좋은 자리를 선점하고자 앞다퉈 몸싸움을 벌였고 그들의 시선이 향한 곳에는 조창현 전 대법관이 모습을 드러내고 있었다.

고급스러워 보이는 개량 한복을 차려입은 조창현은 손목 위로 얇은 옷가지가 덮여 있었다. 조창현은 수많은 기자의 모습에 눈살을 찌푸렸다.

"대법관에 취임했을 때보다 많은 환영 인파로군요."

조창현의 옆에 있던 대남의 목소리에 오히려 민 검사가 화들짝 놀랐다. 조창현은 잠시 눈살을 찌푸렸으나 이내 아무렇지 않은 표정으로 기자들을 바라봤다.

"조창현 전 대법관님. 말씀 한마디 해주시죠!"

"난 죄가 없소."

기자의 갑작스러운 외침에도 조창현은 담담하게 말했다. 기자들은 황급히 그 모습을 카메라로 찍어내기 시작했다.

대남은 일부러 걸음걸이를 늦추어 조창현이 기자들에게 더

많은 질문을 받게 만들었다. 기자들은 대남의 의중을 모르지 않았는지 그 틈새를 놓치지 않고 서로 질문하려 아우성이었다.

"현재 검찰에서는 조창현 전 대법관을 조필우 차장검사의 비리와 연관이 있다고 말하는데 그 점에 관해서는 어떻게 생각하십니까!"

"검찰에서는 명백한 실수를 범하고 있는 것이오. 아들에게 잘못 드리워진 죄목은 조사를 통해 밝혀질 것이며 지금 날 이렇게 체포해 가는 것 또한 그 잘잘못에 관한 추궁을 확실히 물을 것입니다."

"그 말인즉, 이렇게 긴급체포를 당할 까닭이 없다는 말이십니까?"

"긴급체포란 무릇 죄를 지었고 증거를 인멸할 우려가 있을 때 적용되는 형법이오. 난 죄를 짓지 않았음은 물론이고 한평생을 법조인으로서 대법관의 자리에 앉아 정의의 신념을 지켜온 사람이올시다. 도덕성에 관한 문제라면 내 양심에 걸릴 만한 일은 추호도 없소. 오히려 법조계에서 청춘을 바치고 은퇴해 늙은 나를 이토록 겁박하며 포박해 가는 검찰의 양심이 어디 있는지 묻고 싶소이다!"

조창현은 대법관의 자리가 허사로 있었던 자리가 아니었는지 기자들의 질문에 자신의 의견을 강경하게 피력했다. 기자들의 수군거리는 소리는 삽시간에 커졌고 종국에는 또 하나의 질문이 터져 나왔다.

"김대남 검사께서는 현재 조창현 전 대법관의 발언을 어떻게 생각하십니까, 차에 오르기 전에 한 말씀만 해주시죠!"

기자의 질문에 이번에는 조창현의 옆에 서 있던 대남에게로 시선이 집중됐다. 고요한 군중 속의 운율처럼, 대남은 연행되어 가는 조창현을 내려다보며 나직이 말했다.

"여느 범법자가 그러하듯, 최후의 발악 아니겠습니까."

기자들의 입이 이제는 찢어지리만큼 떡하니 벌려졌다. 놀라움을 넘어선 감탄의 경지에 이른 것이다.

대남은 그들의 시선을 받으며 유유히 차에 올라탔다. 검찰 차량이 삼성동 저택가를 빠져나가기 전까지 카메라 셔터 소리는 계속해서 울려댔다.

"날 상대로 범법자라고 단정 짓다니, 자네 제정신인가."

호송 차량 안, 대남의 맞은편 좌석에 앉아 있던 조창현이 눈을 치켜뜨며 물었다. 노기 어린 물음에 차량에 타고 있던 민 검사를 비롯한 검찰 관계자들이 침을 꿀꺽 삼켰다. 조창현은 최고에 버금가는 권력가답게 검찰에 호송되어 가는 와중에도 위압감을 잃지 않고 있었다.

대남은 그의 물음에 여유로운 자태에 대답했다.

"지극히 제정신입니다."

"방금 자네가 나한테 뭐라고 했는지 벌써 잊었나?"

"범법자를 범법자라고 하는 데 무슨 문제라도 있습니까?"

"허."

조창현의 얼굴이 일그러지니 피부에 핀 검버섯이 일사불란하게 따라 움직였다.

두 사람 간의 신경전은 서부지검에 도착하기까지 계속되었다. 조창현은 늙은 나이에 맞지 않게 부리부리한 눈매로 검찰 관계자를 쏘아보기 일쑤였고 대남을 제외한 모두가 어쩔 줄 모른 채 쩔쩔맸다.

"내가 고작해야 서부지검에서 얼마나 있을 것 같은가."

"구속되기 전까지 조사를 받으시겠지요."

"턱도 없는 소리, 한 시간도 채 지나지 않아서 빠져나올 테니 두고 보게나. 그리고."

조창현은 대남을 비롯한 검찰 인원들을 훑어보며 말했다.

"내가 나오는 날이 자네들 제삿날임을 기억하고."

권력가 조창현의 으름장은 그 말만으로도 많은 이들에게 심적 영향을 끼쳤다. 그러던 와중 삼성동에서 출발한 검찰 차량이 어느새 서부지검에 도착했다.

대남은 차창 밖 풍경을 한번 바라보고는 나직이 말했다.

"저희 제삿날이 될지, 조창현 씨 구속일이 될지는 가서 판단할 테니 내리십시오."

"……!!"

대남의 말에 모두가 놀라움을 감추지 못하는 사이 자동차가 정거했다. 검찰 인원들을 필두로 조창현 저택에서 압수해 낸 가택 증거 자료들이 박스째 실어 날라졌다.

언제 도착했을지 모를 기자들은 그 모습을 하나도 놓치지 않고 카메라에 담아냈다.

"김대남 검사다!"

기자의 외침과 함께 호송 차량에서 마지막으로 대남과 조창현이 함께 내렸다. 저택에서 나왔을 때와 마찬가지로 기자들이 앞다투어 대남과 조창현의 모습을 찍어내기 시작했다.

검찰인 만큼 그 누구도 선뜻 질문을 하지 못하는 가운데 용기 있는 기자 한 명이 목소리를 높였다.

"김대남 검사께서는 조금 전 삼성동에서 조창현 전 대법관을 가리켜 최후의 발악이라고 표현했는데, 이는 무죄 추정의 원칙에서 벗어난 발언이 아닙니까?"

대남은 그 목소리에 발걸음을 멈춰 세울 수밖에 없었다. 대남은 조금 전 자신에게 질문을 던졌던 기자가 있는 방향으로 고개를 돌리고는 말했다.

"물론, 조창현 씨는 무죄 추정의 원칙에 따라 판결이 확정되기 전까지는 무죄입니다. 다만."

대남의 목소리에 카메라 셔터 소리가 멈추었다.

"이는 조창현 씨에게 여태껏 당해왔던 피해자들을 대신하는 말이었습니다. 수십 년 동안 알게 모르게 피해를 봐왔던 이들의 노여움은 누가 해소해 줄 수 있단 말입니까."

기자들은 고개를 주억거렸다. 용의자의 공개 수배는 무죄 추정의 원칙 이전에 강력 범죄 피해자들의 권익을 보장하는 길이기도 했다.

"조창현 전 대법관의 검찰 수사는 언제 끝날 예정입니까?"

누군가의 물음에 대남은 스쳐 지나가듯 대답했다.

"진실이 밝혀질 때 비로소 끝이 나겠죠."

조창현을 긴급체포한 사실은 얼마 지나지 않아 뉴스 속보로 송출될 정도로 큰 파장을 불러일으켰다.

브라운관 속에서 긴급 속보로 자신들의 모습이 비치고 있는 광경에 민 검사는 땀을 삐질삐질 흘렸다.

아직도 그의 머릿속엔 검찰 조서실에 앉아 자신들을 기다리는 노괴 조창현이 떠오르고 있었다.

"정말 제대로 저지르긴 저질렀어. 지금 TV에서 온통 자네 이야기만 떠들어 댄다고. 내일이면 신문에도 대문짝만하게 실릴 테고 말이야. 그런데 과연 구속까지 갈 수 있을까……."

민 검사는 긴장되는 표정으로 중얼거렸다. 함께 TV를 보고 있던 계장과 실무관도 마찬가지인 눈치였다.

조창현은 이미 대법관으로 있을 시절부터 법조계에 막강한 영향력을 행사했고, 은퇴한 뒤에도 법조계에선 그의 영향력을 뒤따라올 만한 자가 몇 없었다.

긴급체포를 하기는 했으나 구속영장이 기각되지 않을까 염려스러운 것은 당연한 생각이었다.

"뭐가 그리도 걱정이십니까? 조창현은 분명 범법을 저질렀습니다."

"김 검사, 그걸 내가 모르겠나. 조창현이 범죄를 저지른 것은 사실이나 그를 뒷받침해 줄 만한 증거가 있어도 재판부에서 기각하면 허사가 되는 게 아닌가. 조창현은 다시 풀려날 테고, 그렇게 되면 그의 말마따나 그가 어떠한 행동을 취하게 될지 모르는 일이야……."

민 검사는 혹여나 조창현이 다시 풀려나는 것을 염려하는 듯했다.

이미 검찰 관계자들이 조창현의 윽박에 겁을 집어먹은 상태라는 걸 대남 또한 모르지는 않았다. 그들이 겁먹는 것은 당연했다. 다들 검찰의 구성원이기에 조창현의 사회적 입지가 얼마나 높은 줄 뼈저리게 알기 때문일 것이다.

"김, 김 검사님!"

그 순간, 실무관이 다급한 표정으로 헐레벌떡 뛰어왔다. 그
녀는 숨이 차는 것도 느끼지 못하는지 계속해서 말을 이었다.

"지금, 지금 당장 검사장님 방으로 가 보셔야 할 것 같습니다."

"검사장님?!"

"알겠습니다."

가타부타 검사장이 찾는다는 실무관의 말에 민 검사는 놀
라 의문을 터뜨렸지만 대남은 예의 그럴 줄 알았다는 듯 고개
를 끄덕여 보이고는 자리에서 일어났다.

자리에서 일어난 대남을 향해 민 검사가 의문스러운 눈초리
로 바라봤다.

"도대체 어떻게 된 일이야?"

"둘 중 한 가지 아니겠습니까."

대남은 외투를 챙기며 말했다.

"풀어주거나, 죽이거나."

- 5장 -

발본색원(2)

검사장실로 가는 서부지검 내 복도에선 대남을 흘겨보는 시선이 이전보다 더욱 늘었다. 하지만 이전처럼 다짜고짜 비아냥거리는 이는 없었다. 오히려 조필우 차장에 이어 권력가 조창현을 체포했다는 사실에 놀라움을 감추지 못하는 눈치였다.

사태가 이러한 탓에 대남은 안이나 밖이나 사람들의 관심을 받으며 걸음을 옮길 수밖에 없었다.

똑똑-

노크 소리가 끝나기도 전에 들어오라는 말이 들려왔다. 굳게 닫혀 있던 검사장 집무실의 문을 열고 들어서니 뜻밖의 광경이 펼쳐지고 있었다.

상석에 앉아 있어야 할 김명길 검사장은 평소와는 다른 자리에 앉아 있었고 상석에는 예상외의 인물이 앉아 있었다.

하지만 대남은 놀란 기색은 보이지 않았다. 마치 미리 알고 있었다는 듯이 상석에 앉은 인물을 향해 고개 숙였다.

"처음 뵙겠습니다. 현재 서부지검 특별 내사를 맡은 특임 검사 김대남이라고 합니다. 검찰총장님."

검사 임관을 하면서 임관식에서 얼굴은 마주쳤지만 대화를 나눠본 적은 없는 검찰총장이었다.

검찰청을 대표하는 직위로서 대검찰청에 있어야 할 인물이 서부지검에 있는 것이 의아했지만 작금의 사태를 생각한다면 그리 이상할 것도 없었다.

"이 친구가 자네가 말한 친구인가, 명길이."

"그렇습니다, 총장님."

서부지검의 수장을 마치 아래 동생 부르듯 하대하던 총장은 고개를 돌려 대남을 바라봤다. 온화한 인상과는 상반되게 무테안경 속에 가려진 날카로운 눈매는 마치 사람을 베어버릴 듯 예기가 서려 있었다.

총장은 대남을 아래위로 유심히 훑어보다 말했다.

"조창현을 잡아 왔다고."

"그렇습니다."

"그가 어떤 인물인지는 알고 있나."

총장은 안경을 고쳐 잡아 보이고는 낮게 깔린 목소리로 계속해서 말을 이었다.

"본래는 검찰총장에 예정되어 있던 자이지. 내 위 기수 선배로서 당대의 기수들 사이에선 수완으로 그를 따라갈 검사가 없었어. 밖으로나 안으로나 뛰어난 인물임에는 틀림이 없지. 하물며 수지타산을 따져서 검찰총장이 아닌 대법관을 선택한 자야. 다음 정권에서 그가 어떠한 자리를 꿰차기로 약속된 줄 알고 있나?"

총장의 물음에 대남은 짧게 고개를 끄덕여 보이고는 대답했다.

"총리 아니겠습니까."

"그걸 아는데도 잡아들였다는 말인가? 허허. 보수 정권이 찾아오면 총리 자리는 예정되어 있던 수순이었는데 자네가 브레이크를 걸어버렸어. 다음 정권에서 조창현을 총리 후보자로 거론한다고 해도 야당에서는 적절치 않다는 방해 공작이 쏟아져 나올 테지. 그 때문에 지금 그가 얼마나 분노하였는지는 알고 있겠지."

"네. 잘 알고 있습니다."

담담한 대남의 대답에 총장은 혀를 내둘렀다. 조창현의 향후 거처가 어떻게 될지 대남이 판단하고 있었다는 것은 그만큼 통찰력이 뛰어나다는 말과 같았다.

한데, 앞으로 국무총리 자리가 예정된 권력가를 긴급체포하다니 앞선 가정과는 거리감이 있는 판단이었다.

"대검찰청에 있어야 할 내가 왜 서부지검까지 극비리에 찾아 왔을까?"

"조창현의 생사여탈권을 결정하기 위함이시겠죠."

"……!!"

김명길 검사장이 화들짝 놀라 대남을 바라봤다. 제아무리 서부지검의 수장이라고 할지라도 검찰총장 앞에서는 한없이 작아지게 마련이었다. 더불어 현재의 검찰총장은 역대 검찰총장 중에서도 가장 국민의 신임을 받고 있는 인물이기로 유명했다.

한데 대남은 검찰총장 앞에서도 한 치의 망설임도 보이지 않았다.

"듣던 대로 호걸이군. 자네의 말이 맞아. 조창현의 생사여탈권을 결정짓기 위해 이 자리에 온 것이지. 지금 나에게 많은 압박이 가해지고 있으니 말이야. 한편에서는 조창현을 도와주라는 말이 나오고, 다른 한쪽에선 이참에 아예 뭉개 버리라는 말이 나오고 있지. 왜 이런 말이 나오는지도 알고 있나?"

"알력 다툼이죠. 자칫했다가는 조창현의 입지에 검찰총장님의 자리마저 위협받을 수 있을 테니까요."

"……!!!"

검사장은 지금 총장과 대남이 나누는 대화에 끼어들 생각을 하지 못하고 있었다.

대남은 검찰총장과 조창현 사이에서 벌어지는 미묘한 정치적 이해관계를 마치 동네 반장 선거를 말하듯 거리낌 없이 말하고 있었다. 그 모습에 놀라기는 총장 또한 마찬가지였다.

"보면 볼수록 놀랍구만, 이토록 널리 꿰고 있을 줄은 상상도 못 했으니 말이야. 역시 이재학 교수에게 듣던 대로야. 오랜만에 걸출한 놈이 하나 나왔어. 웬만한 담력으로는 그런 생각을 가지고 있다고 해도 내 앞에서는 절대 말할 수가 없을 테지."

"칭찬으로 듣겠습니다."

"그래, 서부지검에 도착하기 전까지만 해도 자네 같은 평검사 하나가 조창현을 잡아낼 수 있을까 의심했었네. 만약 잡으려 했다 놓치기라도 한다면 돌이킬 수 없는 실수를 범하고 마는 꼴이 되어버리니 말이지. 그렇다고 조창현을 잡을 수 있는 기회를 놓치면 천추의 한으로 남을 것이고……."

총장은 본인의 말마따나 이곳에 오기까지 많은 심경의 변화를 거쳤을 것이다.

검찰 공권력에 대한 불신은 나날이 커지고 있었고, 이대로 가다가는 자신의 자리마저도 위협받을 게 분명했다. 자신의 앞날을 가로막는 조창현을 잡을 기회가 다가왔건만, 쉽사리 실행시킬 수도 없는 노릇이었다. 총장은 대남을 향해 시험하듯 운을 띄웠다.

"조창현의 구형을 어떻게 보나."

"총장님께서는 어떻게 보십니까."

"난 특임 검사인 자네에게 답을 듣자는 것이지, 질문을 받으려는 게 아니네."

총장의 단호한 태도에 대남이 짧게 고개를 끄덕이며 말했다.

"그럼 사형, 무기징역 중 고르십시오."

검사장의 눈이 부릅떠졌다. 그는 세상을 살며 경험하지 못한 대남의 행동에 심히 놀라며 진땀을 흘려댔다.

혹여 검찰총장이 노기를 터뜨리지는 않을지 조마조마한 긴장감이 온몸을 옥죄는 가운데 총장이 너털웃음을 지어 보이며 대남을 직시했다.

"사형과 무기징역 중 고르라고?"

"그렇습니다."

"자네 말만 들어보면 조창현을 재판대 위에 세우는 것을 넘어 법정 최고 형량을 받게 할 자신이 있다는 소리같이 들리는군."

대남은 총장의 말을 부정하지는 않았다. 사태가 어떻게 돌아가는 것인지 검사장은 둘 사이에서 오가는 대화를 숨죽여 듣고만 있을 뿐이다.

총장이 대남을 향해 얕은 미소를 띠어 보이며 물었다.

"조창현을 어떻게 잡을 셈이지? 검찰에 끌어들였다고 해서 완전히 잡힌 것이 아니라는 걸 자네도 알 텐데. 조창현이라는 늙은이를 우습게 보면 안 될 것이야. 지금도 그의 머릿속은 비상하게 흘러가고 있을 테니."

"법으로 잡을 생각입니다."

"법이라?"

총장의 의문스러운 물음에 대남이 운을 띄웠다.

"조창현이 저지른 범법의 가짓수는 손으로 꼽기 힘들 정도입니다. 대법관이라는 자리를 공으로 먹은 것이 아닌 듯 법률적 제도를 교묘히 이용해 저지른 범법이 대다수죠. 역설적이게도 범법자를 헌법이 수호해 주는 꼴이 되어버리고 만 겁니다."

"부정하지는 않겠네."

"그러나 믿는 도끼에 발등 찍힌다고 그도 언젠가는 자신이 철석같이 믿고 이용했던 법이라는 촘촘한 거미줄에 잡히고 말 것입니다."

"파리는 법률이라는 거미줄에 잡힐지 모르나, 조창현 같은 거대한 벌레들은 그러한 거미줄을 뚫고 나가는 법이지."

총장의 말에 대남이 나직이 고했다.

"조창현도 제게 있어 한낱 파리에 불과합니다."

"⋯⋯!!"

총장은 대남의 대범함에 입가에 흡족한 미소를 완연히 지어 보였다.

하지만 조창현을 잡아내는 과정이 그리 녹록지는 않을 것이다. 총장은 과거부터 조창현이라는 인물이 얼마나 음흉하며 위험한지 뼈저리게 알고 있었다.

총장은 대남이 가진 그릇의 크기가 얼마일지 가늠해 보았다.

"처음엔 말이지, 자네를 보고 무모하다고만 생각했어. 각종 언론에 얼굴을 비치면서까지 자신의 신념을 드러내는 검사를 유능하다고만 볼 수는 없으니. 자네의 거침없는 행동으로 인해 사법연수원 수석임에도 불구하고 얼마나 많은 이가 자네에게 등을 돌리고 발톱을 세웠는지 알지 않나."

"일단 12명은 넘겠군요."

"역시 심장 하나는 강심장이구만. 조창현을 잡아 왔다기에 이럴 줄은 예상했지만 생각보다 더 놀라워. 자네의 정의로운 심판의 잣대가 움직이는 원동력은 과연 무엇인지 말해줄 수 있겠나?"

대남은 자신의 낡은 손목시계를 바라봤다.

이재학 교수에게 받은 시계로 세월의 흔적이 느껴질 만큼 많은 흠집이 있었지만 초침만큼은 물 흐르듯 흐르고 있었다.

대남이 검찰에 들어오면서 다짐했던 것은 정의로운 세상을 만들자는 원대한 꿈이 아닌 지극히 평범한 것이었다.

"검사로서 살아가자, 그뿐입니다."

"검사로서……."

검찰총장은 대남의 입에서 나온 뜻밖의 말에 고개를 주억거렸다. 한평생을 검찰에 몸담으면서 이제는 검찰청의 최고직위라 일컬어지는 검찰총장의 자리에 올랐지만 아직도 그는 검사(檢事)라는 직함이 주는 무거움을 온전히 깨닫지 못했다. 하나, 이 친구는 달랐다.

"만약 내가 범법을 저지르게 된다면 어떻게 할 텐가?"

검찰총장의 갑작스러운 물음에 검사장이 놀란 눈동자로 대남을 주시했다.

말은 자리를 가려야 하는 법이거늘, 혹여나 대남의 입에서 허튼소리라도 흘러나올까 검사장은 노심초사할 수밖에 없었다. 반면 총장은 대남의 입에서 어떠한 말이 흘러나올지 기대되는 표정이었다.

"검사는 그 누구 앞에서도."

대남은 검사장을 단언했다.

"고개를 돌리지 않습니다."

검찰총장이 서부지검을 다녀간 뒤, 검사장은 흡사 한바탕 전쟁이라도 치른 양 기진맥진한 표정으로 자리에서 일어나지 못하고 있었다.

검사장은 자신의 앞에 서 있는 대남을 바라보며 물었다.

"검찰총장님 앞에서 그토록 당당할 수 있는 이유가 무엇인가?"

"검사로서의 본분을 잊지 않았기 때문입니다."

"검사로서의 본분이라……."

검사장은 검찰총장과 대남의 대화에서 많은 바를 느낀 듯했다.

검찰이라는 결속력 강한 조직 안에서 어떻게든 살아남기 위해 상부의 눈치를 살펴야 했고, 항상 긴장의 끈을 놓치지 않고 있어야만 했다. 하지만 이제는 그러한 지난날들이 무색하게 느껴질 정도였다.

"한편으론 부러워, 검찰총장이라는 직위 앞에서도 자네는 의지를 꺾지 않았으니 말이야."

검사장의 칭찬에도 대남은 쉽사리 입을 열지 못했다. 총장과 자신이 대화를 나누는 동안 검사장이 얼마나 마음을 졸였는지 모르지 않았기 때문이다.

검사장은 대남을 향해 진심으로 고마워하는 표정을 지어 보였다.

"솔직히 말함세, 자네에게 고마워. 만약 남은 검사장 생활도 허수아비처럼 지내며 마쳤다면 죽어서도 후회했을 거야. 오늘만 해도 총장님 앞에서 한마디 제대로 못 했으니 말이야. 어떻게 보면 참 우습지."

"아닙니다."

"내 마지막 검사 생활을 검사답게 보낼 수 있게 해주어 자네에게는 큰 빚을 진 기분이야."

검사장은 조금 전 검찰총장과 대남 사이에서 오갔던 대화를 되짚어보며 물었다.

"법률이라는 촘촘한 거미줄 아래, 조창현은 자네에게 있어 한낱 파리에 지나지 않는다고 했지."

"그렇습니다."

"그래, 지검 내에 지독한 똥파리가 돌아다니는 꼴을 내 더 이상 보지 못하겠군. 총장님의 허가도 떨어졌으니."

이어지는 뒷말에 대남이 미소 지어 보였다.

"실행하게."

검찰총장이 검사장실을 다녀갔다는 이야기는 감춘다고 감출 수 있는 이야기가 아니었다.

서부지검은 현재 조창현의 긴급체포와 더불어 검찰총장의 갑작스러운 방문으로 인해 난리가 나 있었다.

검사장실에서 걸어 나오는 대남을 향해 수많은 인원이 궁금증 어린 시선을 보냈지만 정작 물어보는 이는 없었다. 개중에는 저들끼리 의견을 나누는 부장검사들도 있었다.

"어이 김 부장, 이제 어떻게 되는 거야?"

"보면 모르나. 총장님까지 다녀가셨으니 조창현 전 대법관님도 곧 풀려나실 테고, 그렇게 되면."

"김대남 저 새끼는 이제 끝이지."

대놓고 대남을 향해 조소를 날려 보내는 이들이 있었지만 대남은 개의치 않아 했다.

대남의 입장에선 수많은 관객이 자신을 바라보는 것과 같이 서부지검 자체가 무대의 일부분이었다.

때문에 관객의 표정, 손짓 발짓하나에 많은 의미와 관심을 부여할 필요는 없었다.

특별 내사실로 배정된 형사3부 207실의 문을 열고 들어서자, 실무관과 머리가 벗겨진 계장이 당혹스러운 표정으로 대남을 맞이했다.

대남이 의아스럽게 쳐다보자 실무관이 떨리는 목소리로 힘겹게 말문을 열었다.

"지, 지금 검사님 집무실에."

실무관의 말이 채 끝나기도 전에 대남을 발걸음을 옮겨 집무실의 문을 열어젖혔다. 민중 검사 홀로 있을 것이라 예상했던 집무실 안에는 아주 예상 밖의 인물이 탐욕스러운 입꼬리를 올려 보이며 앉아 있었다.

"조서실에 있으셔야 할 분이 여긴 어쩐 일이십니까."

대남의 물음에 민 검사는 어쩔 줄 몰라 했고, 개량 한복을 차려입은 조창현은 찻잔을 들어 보이며 말했다.

"굳이 조서실에서 조사를 받아야 할 이유는 없지 않은가. 이 정도 예우는 해줘야 하지 않겠나? 여기 민중 검사는 아무 말도 안 하던데."

"……."

조창현의 조롱에도 민 검사는 쉽사리 말문을 열지 못했다. 아무래도 대남이 오기 전에 조창현에게 온갖 겁박을 당한 듯했다.

대남은 그 모습에 천천히 고개를 주억거리며 조창현의 맞은 편 소파에 몸을 기대며 앉았다.

"너무 기분 나빠하지 말게나. 대개 법조계 선배들이 후배에게 검찰 조사를 받게 되면 다 검사 집무실에서 하니까. 물론 이제 막 검찰에 발을 들인 햇병아리인 자네가 그걸 알 리가 없을 테지만 말이야."

"검찰 조사를 받아야 할 양반이 차까지 마시고, 아주 여유로우십니다."

"다급해야 할 이유가 무에 있나, 내가 말하지 않았나?"

조창현은 찻잔을 소리 나게 내려놓으며 말을 이었다.

"어차피 한 시간도 지나지 않아 나갈 것이라고 말이야."

조창현은 그 어느 때보다도 여유로워 보였다. 검사 집무실을 제집 서재처럼 사용하는 것으로 검찰 조사 따위는 자신에게 겁을 줄 수 없음을 역력히 피력하고 있는 것이다.

대남은 그러한 조창현을 향해 물었다.

"지금 조필우 씨는 어디 있는지 아십니까?"

"······!!"

대남의 물음에 조창현의 미간이 찌푸려졌다. 그도 당신의 아들이 어디 있는지 모르지 않을 터. 하지만 끝까지 화난 기색을 보이지 않은 채 대남을 향해 고개를 돌려 보였다.

"서울구치소에 있지 않은가. 하지만 그것 또한 다 자네들의 잘못된 수사 관행으로 빚어진 실수이니 얼마 지나지 않아 풀려날 거란 걸 의심치 않고 있네."

"지금 잘못된 수사 관행이라고 하셨습니까."

"그랬네, 말도 되지 않는 증거를 들이대며 한평생 검찰에 몸을 투신했던 아들 녀석을 그리 잡아가서야 쓰겠나. 자네들은 명백히 실수를 저질렀어. 특히 네놈은 두고두고 자신의 실수를 후회하며 살아갈 테고 말이지."

조창현은 대남을 향해 저주를 내리듯 말하였다. 권력가로 알려진 노괴 조창현의 서슬 퍼런 목소리에 민 검사는 저도 모르게 침을 꿀꺽 삼킬 수밖에 없었다.

조창현은 거기서 끝나지 않고 계속해서 말을 이어나갔다.

"지금 서부지검 검사장이 명길이라지?"

"……."

"옛날에는 내 눈도 제대로 쳐다보지 못했던 김명길이가 이제는 서부지검의 수장이 되었다니. 그리고 그 아랫것들이 나와 내 아들을 향해 칼을 겨눈다니 참으로 역설적인 일이 아닌가!"

조창현의 적반하장 식 태도에 대남은 고개를 절레절레 저어 보이며 말했다.

"역설적이라니요. 범법자가 처벌받는 것은 당연한 일인 것을."

"……!!"

"아직도 그놈의 고집을 꺾지 않는군! 자네가 부르짖는 정의는 신념이 아닌 아집일세. 아직도 그걸 모르겠는가. 지금도 자네는 자네의 목숨을 점차 깎아 먹는 짓을 서슴지 않고 범하고 있지. 참으로 어리석어. 조금 전 서부지검에 검찰총장이 다녀갔다지?"

검찰총장이 다녀간 사실이 어느새 조창현의 귓가에까지 흘러 들어간 모양이었다. 자세한 정황을 모르는 민 검사는 그 사실에 안색이 시퍼렇게 질려 들어갔다. 조창현은 옅은 미소를 지으며 물었다.

"검찰총장은 분명 날 풀어주라고 했을 게야. 아니 그러한가? 이 한 치 앞도 모르고 날뛰는 천둥벌거숭이 같은 놈아."

조창현의 노기 어린 음성이 대남의 귓가를 때렸다.

그 순간, 집무실 밖으로 노크 소리가 들려왔다. 마치 법정의 휴정 시간을 방불케 하듯 실무관이 급히 들어와 대남의 귓가에 무언가 말을 전해왔다.

그 모습에 조창현은 등을 소파에 깊숙이 기대었다. 마치 네 놈들이 나에게 어떻게 할 수 있을 것 같으냐고 온몸으로 외치는 듯 보였다.

"조창현 씨, 그만 까부시고."

실무관이 물러가고, 대남이 조창현을 향해 말했다.

"아드님 곁으로 갑시다."

"……!!!"

조창현이 급히 등을 곧추세움과 동시에 검버섯 핀 얼굴이 왈칵 일그러졌다. 조창현은 조금 전의 여유로움도 잊어버린 채 자리에서 벌떡 일어나 눈에 불을 켰다.

민 검사는 대남이 무얼 믿고 저토록 대담히 말한 것인지 놀란 눈동자로 바라보고 있었다. 대남은 자신을 향한 과한 시선을 받아내며 묵묵히 말했다.

"그만 일어나세요, 아드님과 함께하셔야지요."

"……!!"

"네, 네 이노옴!"

"김 검사, 잠깐만."

조창현이 분노로 이글거리는 눈동자를 한 채 노성을 터뜨렸다. 민 검사는 그 모습에 어쩔 줄 몰라 하며 대남의 옷매무새를 잡아끌었지만 대남은 옴짝달싹도 하지 않았다. 조창현은 계속해서 붉으락푸르락해진 얼굴로 노기 어린 목소리를 띄웠다.

"어차피 구속영장은 기각될 것이 뻔한데, 뭐가 어쩌고 어째! 명길이 이놈이 아랫것들 교육을 아주 개차반으로 시켜놨어. 내 여기서 나가게 되면 네놈들을 밟는 것으로 이 일을 무마하지는 않을 게야. 똑똑히 기억해 둬!"

"조창현 씨나 똑똑히 기억하시죠. 참고로 방금 하신 말씀은 어불성설입니다."

"뭐?"

조창현은 자신의 구속영장이 기각될 것이라 믿고 있었다. 검찰총장을 시작으로 검찰 수뇌부들이 모조리 자신의 후배 기수였다.

검찰청에선 그 어떤 이라도 기가 죽는다 했지만 조창현의 목소리는 수그러들 기세를 보이지 않았다. 오히려 장작불이 타오르는 것처럼 점차 조창현의 노기는 불타오르고 있었다.

"조창현 씨는 검찰에 오랜 세월 동안 검사로 계시다 종국에는 대법관으로 정부의 하수인이 되어 퇴직을 하셨는데, 아직도 그리 감이 안 잡히십니까. 조금 전 제가 무슨 말을 전해 들었을까요?"

"무슨 말을 들었기에 그토록 오만방자한지 어디 들어나 봐 야겠군."

"내곡동에서 연락이 왔더군요. 그쪽에서도 요즘 정신이 없을 테죠. 5공 비리와 관련해 처리해야 할 문건이 어디 한두 가지랍니까. 거기다 갑작스레 불거진 조창현 씨 문제로 인해 그들도 많은 고민을 했을 겁니다. 그런데 거기서 웃기게도 아침에 검찰 총장님께 들었던 이야기와 비슷한 말을 들었습니다."

대남은 자리에서 일어나 조창현을 내려다보았다. 어마어마한 권력가로서 한평생 무소불위의 권력을 행사하며 안하무인처럼 살아왔던 이다.

대남은 조창현의 하얗게 새어버린 정수리를 내려다보며 말했다.

"끈 떨어진 연에는 더 이상 간섭하지 않겠다."

"⋯⋯!!"

민 검사의 눈동자가 화등잔만 하게 커졌다. 검찰총장과 안기부에서 동시에 조창현이라는 패를 버렸다는 이야기는 말 그대로 조창현을 정치적으로 묻어버리겠다는 심산과 마찬가지였다.

조창현은 믿기지 않는다는 눈치로 대남을 직시했다.

"어디서 공갈이야? 그따위 헛수작은⋯⋯."

"조창현 씨를 도와준 비서가 이미 검찰 측 증인으로 협조하기로 했습니다."

"뭐라?"

"물론 조창현 씨가 법망을 이용해 저지른 위법 사항들을 증언할 증인은 비단 비서 한 명만은 아닙니다. 여태껏 수많은 부정부패를 저지르는 동안 많은 이들의 법적 자문을 비롯해 정치적 도움을 받으셨더군요."

조창현은 갑자기 눈앞이 암전되는 것을 느꼈다. 자신의 아들이 검찰에 구속되고 언론에선 연신 연일 공권력의 불신에 대한 목소리가 높아져 가고 있었다.

더불어 과거 군부정권의 실세들에 대한 법정재판의 호소가 커져가고 있는 시점이었다.

조창현 또한 넓게 보면 군부정권의 하수인 중 하나였기에 시기적으로 보면 악수 중의 악수였다.

"자, 시간이 다 되었습니다."

대남은 손목시계의 시침을 확인하고는 말했다.

"법정으로 갑시다."

지검 앞은 구속영장실질심사를 받기 위해 서울중앙지법으로 향하는 조창현의 모습을 포착하려는 기자들로 인산인해를 이루고 있었다.

보통 이토록 신속하게 실질심사가 이뤄지는 경우가 거의 없었기에 기자들 사이에서도 의견이 둘로 나누어졌다.

"이렇게 일사천리로 진행되는 걸 보면 이미 윗선에서 다 결정 난 거 아니겠어? 조창현이 풀어주라고 말이야."

"김 기자, 말조심해 조창현 대감이라고 해야지. 검찰에서도 긴급으로 체포했긴 하지만 깍듯이 대하고 있다고 검찰 관계자들이 전해주더라."

"그럼 김대남 검사는……? 혹시 조창현 구속되는 거 아니야?"

"설마, 나는 새도 떨어뜨린다는 양반인데…… 김대남 검사야 원체 앞뒤도 돌아보지 않는 성격이니."

기자들이 저마다 의견을 교환했다. 대부분의 기자들은 실질심사 기일이 이토록 빨리 정해진 것에 대해 조창현의 입김이 작용했다고 생각하고 있었다.

수군거리는 소리가 점차 커질 무렵, 서부지검 정문에서 검찰 관계자들이 걸어 나오기 시작했다.

검찰 일행이 나오고 얼마 지나지 않아 기자들이 목 놓아 기다리던 조창현과 대남이 모습을 드러냈다.

기자들은 너 나 할 것 없이 조창현과 대남을 향해 질문을 쏟아냈다. 대남이 기자들의 질문을 꺼리지 않는다는 점을 이미 알고 있는 터라 질문이 소나기가 쏟아지듯 사방팔방에서 빗발쳤다.

"영장실질심사가 전례 없이 빨리 정해졌는데요. 이에 관해 김대남 검사께서는 어떻게 생각하십니까! 혹 특별 내사팀에서 조창현 전 대법관을 상대로 제대로 된 조사를 끝낼 시간이 모자랐던 걸까요?"

대남은 자신에게로 질문을 던진 기자를 향해 고개를 돌렸다.

갑작스레 대남이 자리에 멈춰 서자 모두의 이목이 집중되었다. 대남은 기자들의 시선을 받아내며 나직이 말했다.

"결코 시간이 모자라지는 않았습니다. 그리고……"

대남은 짐짓 뜸을 들이며 옆에 동행하고 있는 조창현을 바라봤다.

"이토록 영장실질심사가 빠르게 이뤄지는 것에 대해선, 아무래도 법정에서도 느끼지 않았겠습니까."

"무엇을 말입니까……?"

대남은 다시 발걸음을 옮기며 말했다.

"구속의 필요성을."

"……!!!"

기자들은 대남의 대답에 놀라워하는 한편, 조창현이 넋을 놓고 있는 모습에 또다시 탄성을 터뜨렸다.

조창현은 분노와 고뇌, 그리고 초조함으로 뒤섞인 얼굴을 한 채 허망한 표정을 짓고 있었다.

　도대체 서부지검에서는 어떠한 일들이 벌어지고 있는 것일
까, 기자들의 궁금증은 이루 말할 수 없을 만큼 커져갔지만 그
해답을 알고 있을 대남은 멀어지고 있었다.

　서울중앙지법으로 긴급히 조창현을 변호할 변호인단들이
속속들이 도착하기 시작했다.

　갑작스럽다시피 긴급히 이뤄진 영장실질심사에도 변호인단
의 얼굴은 한껏 여유로워 보였다. 민 검사가 지법으로 들어서
는 조창현의 변호인단을 바라보며 운을 띄웠다.

　"조창현도 대법관 출신인 데다가, 변호인단도 전관들이구
만…… 허."

　"아직 조창현에게 자세한 이야기를 듣지 못해 저토록 여유
로울 수 있는 게지요."

　"그렇겠지, 하지만……."

　민 검사는 아직도 조창현이라는 인물에 대해 지레 겁을 먹
고 있는 듯 망설임 가득한 목소리로 중얼거렸다.

　그러다 고개를 돌려 대남을 바라보고는 땅이 꺼져라 한숨
을 내쉬고는 말을 이었다.

"지검에서 내 행동은 잊어주게, 사실 조창현이 두려웠어."

"이해합니다."

"솔직히 자네가 부럽기 그지없군, 그 누구 앞에서도 망설이거나 겁을 먹지 않지 않나. 제아무리 검찰에서 오랜 세월을 보낸다 해도 자네처럼 하긴 어려울 거야."

민 검사의 목소리에 대남은 실질심사가 이뤄질 법정을 향해 말했다.

"검사는 그 누구 앞에서도 겁을 먹어서도, 망설여서도 안 된다고 배웠습니다. 피해자가 기댈 곳은 우리밖에 없으니까요."

대남의 단언에 민 검사는 고개를 끄덕여 보였다.

영장실질심사는 판사의 재량하에 이뤄지는 것이기에 변호인단과 검찰 측의 팽팽한 분쟁이 오간다.

간밤에 긴급히 열린 실질심사답게 판사는 먼저 서면으로 구속 사유에 대한 검찰 측의 영장과 변호인단의 반박 서류들을 훑어 내려가고 있었다.

판사가 잠시 안경을 고쳐 잡고는 조창현 측의 변호인단을 향해 물었다.

"피고 조창현의 변호인 측에서는 현재 피고의 검찰 조사를 불구속 상태에서 진행해야 한다고 주장하는데 그에 합당한 이유라도 있습니까?"

판사의 물음에 변호인단 자리에 앉아 있던 변호인 중 가장 나이가 들어 보이는 반백의 변호사가 자리에서 일어나 말문을 열었다.

"판사님, 구속영장실질심사제도라는 것 자체가 검사의 자의적 판단과 서면심사를 통한 법원의 안일한 영장 발부를 통해 국민의 신체의 자유가 침해되지 않도록 한 형법상의 장치입니다. 한데 지금 검찰에선 명백히 조창현 씨의 자유를 침해함은 물론이고, 말도 되지 않는 억측과 궤변을 늘어놓고 있습니다."

"계속 말씀해 보세요."

"검찰 측에서 주장하는 조창현 씨의 범법의 경우 그 가짓수가 말도 되지 않을 정도로 많을뿐더러 전부 정확한 물증 없이 말 그대로 검찰의 주장일 뿐입니다. 조창현 씨는 평생을 법조계에 몸담아온 사람으로서 정직과 도덕이라는 이름을 빼면 죽은 사람이나 마찬가지인 사람입니다. 그리고!"

반백의 변호사는 검찰석에 앉은 대남을 노려보며 간악한 혀끝에 힘을 주어 언성을 높였다.

"검찰 구속의 경우 무분별한 검찰의 공권력 남용을 막기 위해 반드시 필요한 경우에만 실행되어야 함이 옳습니다. 하나 조창현 씨의 경우 수십여 년을 검찰에서 일하다 대법관으로 퇴직했습니다. 일정한 주거가 있음은 물론이고 증거를 인멸할 우려도 없으며 도주할 만한 인물도 아닙니다. 사회적 명망으로 따지면 지금 이 자리에 조창현 씨를 능가할 사람이 없다고 말할 수도 있겠습니다. 그런데도 구속이라니요, 이는 말도 되지 않는 처사입니다!"

피를 토하는 듯한 변호사의 열렬한 변호에 대남은 손뼉을 쳐주고 싶었다.

대남이 여유롭게 자신의 변론을 웃어넘기자 변호사의 이맛살이 찌푸려졌다. 중립적인 자세를 취하던 판사는 대남을 바라보며 물었다.

"검찰 측에서는 변호인단의 주장에 반박할 만한 근거가 있습니까?"

"있습니다."

대남의 확고한 대답에 판사는 물론이고, 변호인단마저 움찔거렸다.

대남은 검찰을 대표해 자리에서 일어나며 조창현과 변호인단을 훑어보았다.

조창현은 서부지검에서 대남에게 들었던 이야기 때문인지 쉽사리 긴장의 끈을 놓지 못하고 있었고 변호인단은 저들의 승리를 예견하는 듯 탐욕 가득한 눈초리였다.

"먼저, 변호인단의 주장은 잘못되었습니다."

"뭐!"

"변호인은 자중하세요!"

새파랗게 어린 검사의 반박에 반백의 변호사가 저도 모르게 소리쳤다. 판사의 근엄한 중재에 제 풀이 꺾여 자리에 다시 앉기는 했지만 변호사는 아직도 열이 받아 보였다.

대남은 그 모습에 개의치 않고 말을 이었다.

"조창현 씨가 벌인 범법의 중대성은 그 사안을 잡범이라 칭할 수 없을 만큼 중범죄의 나열이며 현재 검찰 측에선 조창현 씨의 실형 선고 가능성이 상당히 농후하다고 판단하고 있습니다. 수십 년간 행해온 범법의 수법으로 보아 재범의 우려도 상당합니다. 그리고 변호인."

"……."

대남의 갑작스러운 물음에 반백의 변호사가 눈을 치켜떴다. 다만 방금의 실수를 생각해서인지 입은 다물고 있었다. 하지만 이어진 뒷말에 변호사는 놀라 눈을 부릅뜰 수밖에 없었다.

"누가 물증이 없다고 했습니까?"

"……!!!"

변호인단의 놀라움이 채 가시기도 전에 대남은 판사를 향해 계속해서 말을 이었다.

"현재 조창현 씨가 벌인 범법 중 보복의 우려가 있는 것들도 상당수 있습니다. 저는 그중 성범죄와 관련한 일련의 위법 사항을 뽑고 싶군요."

"성범죄라 확신할 수 있습니까."

"그렇습니다. 제 주장에 뒷받침해 줄 만한 증인도 존재합니다. 판사님. 영장실질심사에 조창현 씨의 범법과 관련해 증언할 참고인을 입정시켜도 되겠습니까."

"허가합니다."

판사의 허가가 떨어지자, 대남이 고개를 돌렸다. 곧이어 부리나케 실질심사가 이뤄지는 재판정의 문이 열렸다. 변호인단과 조창현은 삽시간 만에 진행된 참고인의 입정에 어쩔 줄 몰라 하고 있었다.

끼리릭-

법정의 문이 열리고, 민 검사가 눈을 크게 뜨며 놀라 중얼거렸다.

"고, 고지원?!"

유명 여배우의 등장에 모두가 얼어붙었다.

고지원, 청춘스타로 영화계를 종횡무진하며 충무로의 감독들에게 사랑받는 스타로 확실히 자리매김한 여배우였다.

영화뿐만 아니라 드라마 등 안방극장을 통해 브라운관에 모습을 자주 비췄기에 재판정에 자리한 이들 중 고지원을 모르는 이는 없었다.

"뭐, 뭐야, 어떻게 된 거야? 김 검사."

민 검사가 작은 목소리로 옆자리에 앉은 대남에게 물었다.

사전 참고인에 대한 정보를 공유할 적에는 조창현의 성 추문과 관련해 증언해 줄 여자가 나타난다고 했지, 유명 여배우 고지원이 나타난다고 말하진 않았기 때문이다.

"검찰 측에서 입정을 요청한 참고인이 맞습니까?"

정신을 차린 판사가 고지원을 힐끔 쳐다보고는 고개를 돌려 대남에게 재차 확인했다.

"그렇습니다. 여러분도 익히 아시다시피 충무로의 여배우 고지원 씨가 바로 검찰 측에서 피고의 성 추문 사실과 관련해 요청한 참고인입니다."

"……!!"

대남의 확언에 변호인단의 표정이 눈에 띄게 일그러졌다. 여유롭던 반백의 변호사의 얼굴에도 긴장한 기색이 역력했다.

대남은 고개를 돌려 참고인 자리에 앉아 있는 고지원을 바라봤다. 그녀는 법정이 어색하지 않은 것인지, 혹은 여배우의 관록에서 나오는 아우라는 다른 건지 다리를 꼰 채 미소 짓고 있었다.

"참고인께서는 피고 조창현의 성 추문과 관련해 이 자리에서 증언할 내용이 있다고 검찰 측에 제보를 해왔습니다. 맞습니까?"

"네."

"피고는 대법관으로 재직한 때부터 연예계 소속사들에게 지속적으로 성 접대를 받아왔던 것으로 다수가 증언했는데요. 이와 관련해 참고인께서 증언하실 내용을 말씀해 주시지요."

"……!!"

성 접대라는 사안이 사안이니만큼 이미 변호인단에선 당황스러운 눈동자로 피고석에 앉은 조창현을 바라보고 있었다. 하지만 조창현은 갑작스러운 고지원의 등장에 뭐라 반박도 하지 못한 채 망부석처럼 굳어 있을 뿐이었다.

곧이어 고지원이 자리에서 일어나 간략한 증인 선서를 읊었다. 선서문을 읽는 그녀의 목소리는 여배우답게 높낮이 없이 일정하고도 고왔다.

"……양심에 따라 숨김과 보탬이 없이 사실 그대로 말하고 만일 거짓일시 위증의 벌을 받기로 맹세합니다."

"참고인께서는 피고 조창현 씨와 어떻게 알게 되었습니까."

"연예계에서 종사하다 보면 간혹가다 높으신 분들을 접대해야 되는 일이 생겨요. 조창현 씨의 경우에는 높은 분에 해당되었으니 저희 소속사 사장이 절 꼬드겨서 접대 자리에 불려간 것이었죠."

"접대 자리라는 것은 구체적으로 어떤 자리를 말하는 것이죠?"

대남의 물음에 고지원은 한숨을 한번 푹 내쉬고는 조창현를 흘겨봤다.

"뻔하지 않겠어요. 높은 자리에 계신 분들은 저희 같은 배우들이나 가수들을 같은 인간으로 취급 안 해요. 그저 한낱 노리개로 생각할 뿐이죠. 안 그래요? 조창현 씨."

"……."

고지원의 화끈한 말투에 변호인단은 경악을 금치 못했고, 민 검사는 혀를 내둘렀다. 예전에 방송국 일로 고지원과 만난 적 있는 대남으로서는 그녀의 성격을 알기에 그저 속으로 미소 지을 뿐이었다.

"참고인께서는 피고에게 말을 걸지 마세요!"

판사의 호령에 고지원이 입을 한 번 삐죽 내밀어 보였다. 대남은 그런 그녀를 바라보며 물었다.

"혹, 다른 사람과 착각할 수도 있지 않습니까. 말하는 사람이 피고라는 것을 확신할 수 있습니까?"

"검사님. 조창현 씨는 접대 자리에는 항상 빠지지 않고 나오는 사람이었어요. 제가 머리에 문제가 있는 것도 아닌데 사람 얼굴 하나 기억 못 하겠어요?"

"그럼 고지원 씨는 조창현 씨와 어떤 관계였나요?"

대남의 물음에 고지원이 조창현을 한번 쏘아보고는 말했다.

"조창현 씨가 계속해서 절 원했어요. 저희 소속사 사장에게 협박도 서슴없이 하더라고요. 그런데 제가 완강히 거부하니 뭐 별수 있나요. 그 탓에 예정되어 있던 기업 광고 몇 개에서 잘리기는 했지만 말이에요. 주름 가득한 말라 비틀어진 늙은 손으로 절 만지는 게 얼마나 소름 끼치는 일인지 아세요?"

"잠, 잠깐! 지금 저 여자가 하는 말은 전부 거짓말입니다!"

조창현이 황급히 자리에서 일어나 고지원의 증언을 전면 반박했다. 판사가 중재하려던 순간, 대남이 고지원을 향해 물었다.

"참고인께서는 본인의 주장을 뒷받침해 줄 만한 증거를 가지고 있습니까?"

"네, 당연하죠. 제가 준비도 없이 이 자리에 섰겠어요?"

"……!!!"

"증, 증거가 있을 리 없어……"

고지원의 확언에 조창현이 눈을 부릅뜨며 고개를 천천히 저어 보였다.

변호인단의 얼굴은 이제는 완전히 일그러져 전관이라는 이름 앞에 기세등등했던 변호사들의 모습은 더 이상 보이지 않았다.

"당시 상황들을 녹화해 둔 영상이에요. 이런 자리, 저런 자리, 불려 다니다 보니 요령이 생기더군요. 통수라도 맞게 될 때를 대비해 저도 안전장치 하나쯤 있어야 하지 않겠어요? 물론, 이 자리가 비공개 재판이라 이렇게 증언도 하는 거고요."

고지원 또한 어려서부터 영화배우로 활동을 시작해, 연예계에서 산전수전을 다 겪은 인물이었다.

자칫했다가는 자신의 커리어에 오점을 남길 수 있기에 신중했던 것이다. 동영상이 존재한다는 그녀의 말에 조창현은 자리에 무너지듯 주저앉았다.

"판사님, 현재 피고가 저지른 범법의 가짓수는 일반 중범죄자들과도 비교되지 않을 정도로 많습니다. 성 추문은 그와 관련한 단편일 뿐입니다. 이토록 많은 범법과 연관되어 있는 피고를 불구속 수사로 진행했다가는 증거를 가지고 있을 피해자들에게 보복을 할 위험성뿐만 아니라, 증거인멸, 도주의 우려도 상당하다고 생각합니다."

대남의 말에 변호인단 측에서 잠깐 목소리가 커지기도 했지만 이내 낙심한 듯 고개를 떨구어 보였다.

그만큼 성 추문이라는 사건 하나만으로도 구속 수사가 진행되어야 할 공산이 컸다. 판사는 피고석을 향해 시선을 두었다.

"피고는 현재 검찰에서 주장하는 내용들을 인지했습니까?"

조창현은 판사의 물음에도 쉽사리 말문을 열지 못하고 있었다.

자기가 누구란 말인가, 자타가 공인하는 권력가였다. 한데 아무리 인생사 새옹지마라지만 이렇게 하루아침 만에 무용지

물이 되어버리다니. 눈앞이 노래졌다.

분노로 인해 손이 부들부들 떨렸다. 개량 한복을 입고 양반의 흉내를 내던 조창현이 앞섬을 풀어헤치며 대남을 향해 눈을 부라렸다.

"……결코 용서하지 않겠다, 김대남!"

조창현의 말에 대남이 고개를 절레절레 저어 보이며 되받아쳤다.

"그러시던가."

영장실질심사가 끝났다. 아직 배석판사와 판사 간의 결정을 기다려야 했기에 완전히 끝난 것은 아니었다.

하지만 실질심사 동안 벌어진 일련의 일들을 생각하노라면 결괏값은 당연한 것이었다.

중앙지법에 발을 들일 때만 해도 깔보는 눈빛이 가득했던 변호인단은 대남을 흘겨보며 도망치듯 법정을 빠져나갔다.

"참고인으로 와줘서 고맙습니다."

대남은 고지원을 향해 짧게 고개 숙여 보였다. 여배우로서 감당하기 힘든 자리였을 텐데 고지원은 흔쾌히 승낙해 보였다. 과거 고지원을 안 좋게 생각했었지만 오늘로서 그 생각에 변화가 찾아왔다.

"김대남 씨한테 고맙다는 이야기를 들어보고 참 세상 오래 살고 볼 일이에요, 그쵸?"

고지원은 비꼬듯 말했지만 입꼬리가 올라가 있는 것이 지금 상황이 꽤 흥미로운 듯했다.

그녀는 창밖의 상황을 보고는 혀를 내둘렀다. 땅거미가 짙게 깔린 시각이었지만 아직도 중앙지법 앞은 대낮을 방불케할 정도로 기자들과 방송국 스탭들로 인산인해를 이루고 있었다.

"밖에 기자들이 아직도 엄청 많네요, 언제쯤 결과가 발표된대요?"

"아마 한 시간 안으로 발표가 날 겁니다."

"결과는 어떻게 예상하시는데요?"

"당연한 값이 나오겠지요."

대남의 여유로운 태도에 고지원이 그럴 줄 알았다는 듯이 고개를 끄덕여 보이며 말했다.

"예나 지금이나 그 자신만만한 모습은 변하지 않았네요. 처음에는 정말 싸가지 없고 재수 없는 줄 알았는데 지금에 와서 생각해 보니."

"……"

"그 능력에, 그 모습이 당연한 거였네요."

고지원의 칭찬 아닌 칭찬에 대남은 겸연쩍은 표정을 지어 보였다. 그 모습에 고지원이 피식 웃고는 대남을 향해 강조했다.

"제가 오늘 여배우로서의 위험부담을 안고 이 자리에 섰던 이유는 김대남 씨가 저에게 했던 약조 때문이에요. 잊지 않았겠죠?"

"알고 있습니다."

"좋아요, 그럼."

고지원은 대남을 향해 싱그러운 미소를 날려 보이고는 스쳐 지나가며 마지막 말을 남겼다.

"다음엔 황금양에서 보죠. 사장님."

고지원이 가고 나서 얼마 지나지 않아, 민 검사가 대남을 향해 뛰어왔다. 그의 손에 들린 서류들을 보아하니 영장실질심사의 판결이 난 듯했다.

"김 검사!"

민 검사의 얼굴은 그 어느 때보다 입꼬리가 찢어질 듯 말아 올라가 있었다. 조창현에게 당했던 지난날의 수모들이 생각나는지 눈시울도 붉어져 있었다.

대남은 그에게 판결을 굳이 말로 전해 듣지 않아도 결과를 알 수 있을 것 같았다. 대남이 흡족한 미소를 지어 보이고는 발걸음을 옮기니 민 검사가 의아하게 물었다.

"이제 막 구속 판결이 났으니, 언론에서도 난리일 게야. 그런데 어딜 가나?"

"중앙지법에서의 일이 끝났으니 돌아가 봐야죠."

"설마? 기자들이 저렇게 많은데 가려고? 날 밝으면 가는 게 어떤가, 이대로 나갔다가는 질문 공세에 발 떼기도 어려울 거야. 원래 영장실질심사가 끝나면 검찰에서 브리핑 자료를 준비해 이튿날 발표하는 게 정석이기도 하고 말이지……."

민 검사가 창밖의 풍경에 혀를 내둘렀다. 야심한 시각이었지만 웬만한 기자회견을 방불케 할 정도로 많은 인원이었다.

방송국 카메라까지 곳곳에 대동한 것을 보아하니 검찰 관계자의 얼굴이 찍히자마자 긴급 속보로 내보낼 심산 같았다.

"브리핑이 준비되어 있지 않다고 해서 기자들의 질문을 피해서야 되겠습니까?"

"그거야 그렇지만……."

"기자들의 질문이 곧."

민 검사의 우려에도 대남은 단호하게 단언했다.

"국민의 알 권리입니다."

기자들은 영장실질심사의 발표를 기다리며 중앙지법 앞에

서 날밤을 새우고 있었다. 실질심사가 비공개 재판으로 이뤄지는 탓에 정황을 알 리 없는 기자들은 대부분이 구속영장 기각 의견에 힘을 싣고 있었다.

그래도 특임 검사가 대남인지라, 특종을 기다리는 매의 눈이 되어 방송국 스태프들까지 총출동한 상태였다.

"뭐? 구속영장이 통과됐다고!?"

서울중앙지법에서 열린 조창현의 구속영장 실질심사가 새벽녘까지 이어진 영장 전담 판사들의 심사 끝에 통과되었다는 사실이 기자들 사이에 일파만파 퍼져 나갔다.

대부분이 의외의 결과에 입을 떡하니 벌렸다.

그 순간, 누군가 지법 정문을 향해 소리쳤다.

"김대남 검사다!"

대남의 등장에 기자들이 부리나케 달려나갔고 방송국 관계자들도 눈에 불을 켠 채 송출용 카메라를 짊어지고는 냅다 뛰었다.

권력가 조창현의 구속이라는 희대의 결괏값 앞에 수많은 기자의 질문이 쉴 틈 없이 쏟아져 나왔다.

어느덧 새벽녘의 중앙지법 앞은 시장을 방불케 할 정도로 기자들의 목소리로 왁자지껄했다.

"아직 조창현 씨의 구속 사유가 정확히 밝혀지지 않았는데 김대남 검사께서 한 말씀만 해주시죠!"

구체적인 조창현의 구속 사유를 묻는 어느 기자의 질문에
대남은 말문을 열었다.

"남자는 세 끝을 조심하라 했습니다. 조창현은 이 세 끝을
다 조심하지 못한 전력이 있습니다. 그리고 이번 영장실질심사
에선……."

방송국 카메라는 실시간으로 이 모습을 하나도 빠짐없이
담아내고 있었다.

마치 영화의 한 장면처럼 대남은 기자들을 훑어보다 종국에
는 송출용 카메라를 향해 나직이 말했다.

"혀끝, 손끝이 아닌 나머지가 문제였습니다."

"……!!!"

대남의 모습을 담아내고 있던 카메라 감독이 눈을 크게 뜨
며 감탄을 터뜨렸다.

자고로 옛말에 남자는 세 끝을 조심해야 한다는 말이 있다.
손끝을 시작으로 세 치 혀끝, 그리고 성기 끝에 이르기까지.
한데 조창현이 이 세 끝 중 마지막 끝을 조심하지 못했다는 대
남의 발언은 그야말로 충격의 도가니, 그 자체였다.

"잠, 잠깐만요. 지금 조창현 전 대법관이 성 추문을 일으켰
다는 말입니까……?"

기자의 망설임 가득한 질문에 모두의 눈초리가 모아졌다.
조창현은 여태까지 근엄하고도 위엄 있는 권력가의 이미지였

다. 그런데 구속영장 실질심사에서 성 추문으로 인해 영장이 통과되었다면 권력가의 더러운 뒷모습을 비추는 말 그대로 특종거리였다.

모두의 궁금증이 모인 가운데, 대남은 짧게 고개를 끄덕이며 말했다.

"그렇습니다."

"허……!!"

조창현의 성 추문이 사실로 확인되자 여기저기서 탄식이 터져 나왔다. 대법관의 자리를 역임하고 대한민국 법조계의 막강한 실권자로 자리매김했던 조창현이 한낱 성 추문에 휩싸였다는 사실이 아이러니했기 때문이다. 하지만 대남의 말은 거기서 끝나지 않았다.

"이번 구속영장 실질심사에선 조창현 씨의 성 추문과 관련한 내용이 밀도 높게 다뤄졌지만, 구속 수사에선 그 외적인 부분에 좀 더 힘을 기울일 생각입니다."

"그 외적인 부분이라 함은 어떠한 부분을 말씀하시는 것입니까?"

"성 추문을 제외한 다른 범법 혐의들입니다."

"구체적으로 어떤 혐의들이 해당되는지 말씀해 주실 수 있으십니까!"

"특임 검사로서 맡은 수사 내용을 전면적으로 공개하기는 어렵습니다. 다만."

대남은 짐짓 뜸을 들이자 카메라 감독이 손에 땀을 쥔 채 대남의 얼굴을 줌인했다.

수많은 질문이 오갔던 중앙지법 앞은 일순 고요해졌다. 새벽녘의 고요함 속에서 대남이 말을 이었다.

"현재 검찰에서 수사하고 있는 조창현의 범법 혐의는 숫자를 헤아릴 수 없을 정도입니다."

대남의 직격탄으로 정신없던 기자들이 겨우 마음을 가다듬고는 대남의 말을 받아 적었다.

영장실질심사가 전례가 없을 정도로 신속하게 이뤄진 탓에 기각 쪽으로 의견이 기울었던 전황은 삽시간에 반전되었다.

그 뒤로도 기자들의 무수한 질문이 대남을 향해 빗발쳤다. 마치 이런 거대한 특종을 놓칠 수 없다는 강박관념에서 터져 나오는 아우성 같았다.

"조창현 씨의 범법을 도와준 조력자가 있습니까!"

"계속해서 특임에서 수사를 맡는 것입니까, 아니면 중앙지검으로 이관되는 건가요!"

"조창현 씨는 앞으로 구속 수사를 받게 될 터인데 혹여 법조계 선배라 하여 검찰에선 봐주기식 수사가 나올 확률은 없는 것입니까!"

"조창현 씨의 변호인단이 전관으로 이루어진 사실을 알고 계십니까!"

시사부 기자들답게 평범한 가십거리의 주제가 아닌 조창현의 앞날과 관련한 법적 방침을 주로 질문해 왔다.

법조계엔 전관예우라는 관행이 존재했고 선후배 사이에선 막강한 기율이 있었다. 조창현이 자신이 전직 대법관이었을뿐더러 변호를 맡은 변호인단이 전관으로 막강한 전력을 구성하고 있다는 것에 대해 기자들은 우려를 표했다.

"전관예우라."

대남은 전관예우라는 단어에 힘을 실어 곱씹었다.

"전관예우라는 관행의 고리는……."

이어진 뒷말에 기자들이 감탄을 터뜨렸다.

"제가 끊을 겁니다."

- 6장 -

발본색원(3)

"대단할 따름이군."

서부지검 검사장 김명길은 기사를 읽으며 흡족한 미소를 지어 보이고 있었다.

검찰총장의 명이 있었기야 했지만 이렇게 일사천리로 일을 진행할 줄은 몰랐다.

평검사의 직위로 법조계에서 난다 긴다 하는 비리 법조인들을 요리하는 실력이 일품이었다.

"지금 대한민국이 온통 자네 이야기로 가득하군."

검사장은 고개를 들어 대남을 바라봤다. 지난밤 중앙지법에서 영장실질심사를 하고 온 터라 피곤할 만도 한데 대남의 얼굴에는 지친 기색이 전혀 드러나지 않았다. 칭찬에도 오히려 담담하게 서 있을 뿐이다.

"조창현은 구치소로 이감되었나."

"실질심사 결과가 나온 직후 곧장 서울구치소로 이감되었습니다."

"참 오래 살고 볼 일이야, 그 조창현이 수인복을 입게 될 줄이야……."

검사장의 얼굴에는 수만 가지 생각이 오가고 있는 듯했다. 조창현은 법조계를 은퇴하고 난 뒤에도 암중에 막강한 권력을 행사할 정도로 검사장으로서도 버거운 권력가였다.

때문에 처음엔 대남의 행동이 그저 계란으로 바위를 부수는 것과 마찬가지라 생각했다.

이제 막 검찰에 발을 들인 다윗이 산전수전을 다 겪은 골리앗에게 덤비는 꼴이지 않았나.

"전부 검사장님과 총장님이 물심양면으로 도와주신 덕분입니다."

"아니네, 칼은 자네가 뽑은 게 아닌가. 웬만한 담력을 가진 이라면 조창현을 적대할 생각은 추호도 못 했을 걸세. 총장님께서도 조창현을 잡아들이는 데 적극적으로 협조하시겠다 하니 이제 거칠 게 없겠군. 아, 원래부터 거칠 게 없었던 사람이었지 자네는."

검사장은 진심으로 대남이 마음에 들었다. 한평생을 검찰에 몸담았지만 이토록 강단 있는 검사는 본적이 없었다. 과거 검찰 내부 고발의 전설이라 불리는 이재학 교수도 현역 시절에 이 정도까지는 아니었다.

"서부지검이 지각변동을 일으키고 있다."

"네?"

"요즘 법조계에서 유명한 말이네, 서부지검이 법조계 전체의 지각변동을 일으키고 있다고 말이야. 기사의 말미에 이렇게 적혀 있더군. 전관예우라는 관행의 고리를 끊어버리겠다고."

전관예우(前官禮遇)는 법조계 내에서도 말이 많은 관행이었다.

심지어 전관 변호사를 연결시켜 주는 브로커들까지 기승을 부리니 법원과 검찰에선 전관예우와 관련한 전담부서까지 생겨날 지경이었다.

이미 제도적으로 뿌리 깊게 고착된 관행을 대남이 끊겠다고 공언한 것만으로도 파급효과가 지대했다.

"이제는 아예 법조계에서 상징적인 특권으로 굳어져 버린 관행을 자네는 어떻게 끊을 생각인가?"

"이는 신뢰의 문제입니다. 헌법과 법률에 의하여 공명정대한 판단을 내려야 할 헌법 기관이 일개 개인의 사회적 지위에 얽매여 병폐를 낳는 것이 말이 되겠습니까. 법으로 제한이 힘들다고 해서 그대로 놔두다가는 더 이상 돌이킬 수 없는 폐단이 되고 말 것입니다."

"그럼."

"부숴야지요. 제아무리 전관으로 똘똘 뭉친 변호인단이 온다고 한들 달라지는 것은 없습니다. 재력의 고하에 따라 판결이 달라지는 경우는 없어야 하며, 범법을 저지른 자는 사회적 지위를 막론하고 법의 엄중한 처벌을 받아야 합니다."

검사장은 대남의 말에 고개를 끄덕여 보였다. 누구나 생각은 할 수 있는 말이었지만 반대로 밖으로 쉽사리 꺼낼 수 없는 말이기도 했다.

특히 법조계에 몸담으면서 저토록 내부의 비리를 사회적으로 고발하는 일은 쉬운 일이 아니었다.

"그렇다면 법조계의 악행을 끊기 위해서는 개개인이 어떻게 해야겠나?"

"악행을 끊는 방법은 쉬우나, 행할 수 있는 사람이 적은 것이 현실 아니겠습니까."

"쉽다니?"

"검찰, 법관, 변호인 할 것 없이 법조인들은 사회의 악취 나는 부분을 만나게 마련입니다. 만약 저들의 이익을 위해 사회의 악취를 만들어가는 일원이 될지 말지는 자신의 양심에 달린 일이지요."

검사장은 한참 동안이나 고민을 거듭했다. 정의라는 청운을 꿈꾸고 법조계에 발을 들였지만 실상은 자신의 잇속을 채

우는 장사치와 다를 바 없지 않은가, 그 잣대 앞에 검사장이라는 직함이 무색하리만큼 자신이 부끄러워졌다.

"그럼 보고도 마쳤으니, 저는 이만 일어나보겠습니다."

대남이 자리에서 일어나자 검사장이 물었다.

"곧장 207실로 가나?"

"아닙니다."

"그럼?"

대남은 자신을 목 놓아 기다리고 있을 사람을 생각해 내며 말했다.

"서울구치소로 갑니다."

서울구치소는 시보 생활을 할 무렵 동부지검 검사장을 만나기 위해 왔던 경험이 있었다.

회색 담벼락으로 줄지어진 구치소의 정문에 도착하자 구치소 특유의 퀴퀴한 묵은내가 코끝을 찔러댔다.

"아, 아니, 검사님께서 어쩐 일로?"

대남의 방문에 구치소장이 황급히 달려 나왔다. 평소 같았으면 평검사가 서울구치소를 방문한다고 해서 자리에서 엉덩이를 뗄 양반이 아니었지만 상대는 김대남, 그냥 평검사를 뛰어넘은 사람이다.

"조창현 씨 만나러 왔습니다."

"……!!"

간밤에 서울구치소로 수감된 조창현을 만나러 왔다는 대남의 말에 구치소장의 얼굴이 시퍼렇게 타들어 갔다. 대남은 진땀을 흘리는 구치소장을 향해 물었다.

"지금 조창현 씨 어디 있습니까, 독방에 있습니까."

"그, 그게……."

"어디 있습니까!"

구치소장의 등 뒤로 굵은 땀방울이 맺혀 흘렀다. 보통 검찰 조사의 경우 미결수용자를 검찰 수사본부로 소환해 직접 수사했기에 검사가 직접 구치소를 방문하는 경우는 없다시피 했다.

대남의 호령에 구치소장이 거무죽죽해진 얼굴로 겨우 말문을 열었다.

"지, 지금 소장실에 계십니다."

"네? 뭐라고요?"

"구치소장실에……."

구치소장은 자신이 말을 내뱉고도 두려운 것인지 연신 대남의 눈치를 살피기에 급급했다. 구치소장실을 열어준 일로 혹여 자신에게까지 불똥이 튈까 무서운 구치소장은 전전긍긍했다.

대남은 구치소장을 앞장세운 뒤 소장실로 발걸음을 옮겼다.

소장은 어떻게 해서든 작금의 상황을 타개하고 싶은 것인지 화제를 돌리려 했지만 대남에겐 통하지 않았다.

소장실 앞에 도착하자 그의 얼굴은 죽을상이 되어 있었다.

"여깁니까."

"……네."

"여세요."

대남의 말에 소장이 망설이다 두 눈을 질끈 감은 채로 문을 열어젖혔다. 소장실 안의 풍경은 밖에서 이미 예상했던 대로였다.

두 눈을 지그시 감고 있는 조창현이 소장 의자에 몸을 기댄 채 발을 책상 위에 걸쳐 올리고는 잠을 청하고 있었다.

"여기가 구치소입니까, 호텔입니까!"

"그, 그게……."

대남의 물음에 소장은 말을 더듬었고, 주변의 소란에 잠에서 깬 조창현이 두 눈을 슬그머니 떴다.

"……!!"

"자네가 여긴 웬일이지."

처음에는 당황하는 기색이 역력했던 조창현은 이내 표정을 수습하고는 아무렇지 않은 듯 대남에게 말했다.

지난밤의 고난은 새까맣게 까먹은 것인지 일전의 조창현과 다름없는 모습이었다. 그는 대남과 소장이 함께 서 있는 것을 보고는 짐짓 예상했다는 듯 말문을 열었다.

"서울구치소는 범털 집합소라 불리지. 그만큼 고위 관직자들이 많이 드나드는 곳이기도 해. 지금 서울구치소에서 가장 높은 지위는 다름 아닌 나, 조창현이고. 그러니 구치소장보다 높은 지위인 내가 이곳에 있는 건 당연한 처사 아닌가."

뻔뻔함을 넘어서 이 모든 악행이 당연하다고 말하고 있는 듯한 언행이었다. 조창현은 거기서 끝내지 않고 계속해서 대남을 향해 으름장을 놓았다.

"지금 봐서 알겠지만 밖이든 안이든 내 영향력이 미치지 않는 곳은 없지. 지금 당장에야 자네를 언론에서 조명하고 상부에서 밀어주는 것처럼 보이지만 정권이 바뀌고 세월이 흘러 내가 나가게 된다면 그때도 네가 무사할 것 같나."

대남은 조창현의 말은 무시한 채 고개를 돌려 구치소장을 바라봤다.

"범법자를 비호해 주는 구치소라, 신문에 나오면 볼만하겠습니다. 안 그런가요?"

"……!!"

"이 정도면 여기가 호텔은 아닌지 의심스러울 정도로군요. 도덕과 정의라는 신념이 바닥에 떨어졌다고는 하나 구치소에까지 그 악영향이 미칠 줄은 몰랐습니다. 저런 인간을 아직도 무서워하는 사람이 있다는 것도 놀랍고 말입니다."

"뭣이 어쩌고 어째!"

대남의 말에 구치소장은 어쩔 줄 몰라 했다. 조창현도 지지 않으려는 듯 언성을 높이며 구치소장을 쏘아보기 일쑤였다.

대남은 구치소장을 향해 재차 단언했다.

"구치소장, 뭐 합니까."

"네?"

"내 앞에서 저 쓰레기 치워요."

대남의 말에 조창현이 눈을 부릅떴다. 대남이 지칭하는 쓰레기가 바로 자신임을 모르지 않을 터, 그는 안광에 힘을 주어 핏대가 선 채 대남과 소장을 노려보았다.

그 탓에 소장은 불안한 기색이 역력한 채로 어쩔 줄 몰라 하고 있었다.

"어떡하시겠습니까. 계속 소장실을 내주실 겁니까?"

소장은 그제야 정신을 차렸는지 다급히 무전기를 치켜들었다.

"지, 지금 당장 소장실로 인솔 간수 두 명 올려보내!"

"……!!"

"지금 이게 뭐하는 짓이야!"

조창현이 소장을 향해 고래고래 소리를 질렀지만 소장은 한 손에 무전기를 든 채 고개를 푹 숙이고 있을 뿐이었다.

대남이 말없이 미소 짓고 있자 조창현은 그 모습을 보고 더욱 언성을 높였다.

"소장! 내가 누구인지 잊었나!"

"……."

노기 어린 호통 소리가 소장실 안을 쩌렁쩌렁하게 울렸다.

소장의 두둑한 볼살 아래로 진땀이 맺혀 소나기처럼 흘러내렸다. 소장은 마치 살려달라는 것처럼 조창현의 시선을 피해 대남을 바라봤다.

이런 소장의 간곡한 마음을 읽은 것인지 대남이 짐짓 뜸을 들이다 말문을 열었다.

"방에 들어오면 다 수감자지, 누구긴 누굽니까."

"뭐라고!"

"조창현 씨는 아직까지도 정신을 차리지 못한 것 같습니다. 그리 나이를 먹고도 사리 분별이 안 돼서야 쓰겠습니까. 당신이 이렇게 구치소에 수감되었다는 사실 하나만으로도 바깥 상황은 당신이 예상했던 것과는 판이하게 달라지고 있다는 것을 아셔야 할 텐데요."

조창현은 침음을 삼키며 대남을 재차 노려봤다. 법조계와 정치계는 소리 없는 전쟁터를 방불케 한다. 자신은 그러한 전쟁터에서 살아남은 백전노장이었다. 군부정권 때는 대법관이라는 직함 아래 무수히도 많은 이들을 군부정권의 잣대에 맞춰 판결했고 그 덕분에 은퇴 후에도 무소불위의 권력을 행사할 수 있었다.

그렇게 평생 부귀영화를 누릴 줄 알았던 삶이 근래 들어 뒤틀어지고 있었다. 바로 저 녀석 때문에.

"내가 여기를 나가는 순간, 네놈을 갈가리 찢어 놓을 테야."

굶주린 하이에나의 울음소리같이 스산한 조창현의 목소리가 소장실 안을 울렸다. 갈가리 찢어 놓는다는 말이 그저 비유에만 해당하지는 않을 터, 괜스레 소장마저도 얼굴이 시퍼렇게 질려 들어갔다.

"그 전에, 나올 수는 있겠습니까?"

"……!!"

"구치소장, 저 치가 수감될 방 호수가 어떻게 됩니까."

대남의 때아닌 도발에 놀라기도 잠시, 조창현의 수용호실을 묻는 물음에 소장은 쉽사리 말문을 열지 못했다. 그 모습에 대남이 목소리에 재차 힘을 주며 말했다.

"어떻게 되냐고 물었습니다."

"그, 그게, 제2호 독방입니다."

"지금 제2호 독방이라고 했습니까?"

소장은 쥐구멍에라도 들어가고 싶은 것인지 귀에 들릴락 말락 한 목소리로 그렇다고 말했다.

서울구치소의 미결수 감방에는 몇 가지 규칙이 존재했다. 정·재계 인물을 비롯한 유명인사들이 자주 수감되는 서울구치소답게 사옥에는 권력가들의 편의를 봐주기 위한 독방이 따로 존재했고, 제2호 독방의 존재가 그러했다.

"제5호 방으로 바꾸세요."

"……!!"

"검사님, 5호 방도 미결수 감방이긴 하지만, 그곳은 좀……."

"그래서요?"

제5호 방 또한 미결수들의 감방이었지만 일반인들과 함께 생활하는 곳이었다. 대부분이 중범죄자로서 아직까지 판결을 받지 못했지만 중형이 예상되는 수용자들이 교도소로 이감되기 전에 잠시 머물고 가는 곳이기도 했다.

"조창현 또한 그곳에 있는 이들과 별반 다르지 않은 범법자입니다. 범법자의 편의 같은 건 봐줄 필요 없습니다."

"네 이노옴!"

조창현은 명명백백 자신을 무시하는 대남의 처사에 크게 호통쳤다.

"네놈이 지금 언론의 후광을 받으며 영웅 놀이에 아무리 심취해 있기로서니 평생을 법조계에서 몸담으면서 혁혁한 공을 세운 나를 이토록 무시해! 이봐 소장, 저놈의 말을 듣게 된다면 자네 목도 무사치는 못할 것이야!"

"그, 그것이, 저는……."

"후안무치하기 따로 없군."

"뭐라?"

"법조계에 혁혁한 공을 세운 게 아니라, 부정부패와 비리의 초석이 되지 않았습니까. 당신은 법조계에 크나큰 오점 중 하나이자, 이 나라가 제대로 돌아가지 않게 하는 불순물 중 하나입니다. 아직도 그걸 모르고 있었나, 조창현."

"……!!!"

대남의 단언에 조창현의 얼굴이 기차 화통이라도 삶아 먹은 것처럼 붉으락푸르락해졌다.

보통 적장에게도 예의를 다한다고, 구치소에 수감되어 있는 자신을 찾아올 줄은 상상도 하지 못했다.

더불어 권력가들에게 예의 제공되던 독방을 일반 수용실로 바꾸다니, 조창현이 화가 날 만했다.

"후에 혹여나 조창현의 방을 다시 바꿨다가는 그 책임을 묻겠습니다. 소장."

"네, 넵!"

곧이어 간수들이 올라오자 조창현은 두 눈을 부릅뜬 채 제 발로 걸어나갈 수밖에 없었다.

버티고 있어 봤자, 자신에게 안 좋은 영향을 미칠 것이 분명했기 때문이다. 대남은 스쳐 지나가는 조창현을 향해 마지막 말을 내뱉었다.

"그럼, 옥사(獄死)를 기대하겠습니다."

대남이 서울구치소에서 한바탕했다는 소문은 금세 지검 내에 빠르게 퍼졌다. 이미 구속영장 실질심사를 통과시켜 조창현을 상대로 승기를 잡은 대남이 구치소에까지 찾아가 한 번 더 조창현과 기 싸움을 벌인 일화는 검사들 사이에선 그야말로 전설처럼 여겨졌다.

　"구치소장이 죄송하다고 서부지검으로 연락을 해왔다. 다음부터는 실수 안 하겠다고. 김 검사, 자네도 참 대단해. 아무리 한풀 꺾였다고는 해도 조창현인데 말이야."

　"대단할 게 뭐가 있습니까, 이치에 맞게 제자리로 돌려놓은 것뿐인데요."

　대남의 대수롭지 않다는 태도에 민 검사는 혀를 내둘렀다. 규격 외의 인물이 있다면 딱 이러할 것이다.

　서부지검 내에선 대남을 가리켜 여러 가지 말들이 오가고 있었다.

　실무관이 대남을 바라보며 조심스럽게 말을 전했다.

　"요즘 김 검사님 보고 직원들이 뭐라고 하는지 아세요?"

　"뭐라고 하는데요?"

　"메두사요, 메두사. 눈 마주치면 상대방이 돌처럼 굳어버린다고.”

실무관은 조창현이 구속되고 나서 한껏 심란했던 마음이 조금이나마 풀린듯했다.

그동안 대남이 속한 207실에 근무를 하고 있어 구내식당을 비롯해서 서부지검 내에서 많은 눈치를 봐야만 했던 것은 사실이었다. 그러나 조창현이 잡혀 들어가고 난 후 분위기는 완전히 반전되었다.

“검사장님까지 김 검사에게 힘을 실어주기로 공언했으니 다들 눈치를 살필 수밖에. 지금 부장검사들을 포함해 11명이나 추가 조사를 받고 있으니 혹여나 자신들이 발치에 걸릴까 전전긍긍하는 것이겠지.”

민 검사 또한 207실의 위상이 올라간 것에 자긍심을 느끼고 있었다.

그간 마음고생을 했던 동료들이 입가에 미소를 짓자 대남 또한 한풀 마음이 풀어지고 있었다.

“그런데 이번 수사 종결 나면 민 검사님하고 김 검사님 동시에 승진하시는 거 아니에요?”

“에이, 김칫국물 마시는 소리 하지 마. 김 검사에 비하면 난 별로 한 것도 없지 않나.”

실무관의 설레발에 민 검사는 손사래 쳤지만 얼굴만큼은 이미 승진을 한 것과 다름없이 기뻐 보였다.

"김 검사님! 민 검사님!

그 순간, 계장이 다급하게 문을 열고 들어와 대남과 민 검사를 동시에 찾았다.

"왜 그러십니까?"

"지, 지금 형사부 회의실에 검사님들이 모여서 김대남 검사님을 만나기를 원하고 있습니다."

"검사들 누구요?"

대남의 물음에 계장이 이마에 맺힌 땀을 소매로 닦아내며 말했다.

"저희에게 조사 중인 11명 말입니다."

대남과 민 검사는 형사부 회의실로 발걸음을 옮겼다. 보통 차장검사 주최하에 열리는 회의의 경우 사용되는 방이지만 차장석이 공석이며 부장검사들이 전부 특별 내사를 받고 있었기에 한동안 무용지물처럼 여겨졌던 회의실이었다.

끼리릭-

회의실의 문이 열리고 대남이 들어서자 그 안에 있던 11명의 안광이 빛났다.

다들 특별 내사를 받고 있거나 예정되어 있는 자들이었다. 대부분이 서부지검 형사부의 요직을 차지하고 있던 검사들이라서 그런지 얼굴이 낯익었다.

대남은 자연히 비워져 있는 회의실의 상석에 앉았다. 상석에 대남이 덜컥 앉자 민 검사는 놀란 얼굴이 되었지만 다른 검사들은 이렇다 할 말을 꺼낼 수가 없었다.

대남은 검사들의 얼굴이 낱낱이 훑어보고는 말했다.

"절 왜 불렀습니까?"

"……."

"간밤에 조창현 전 대법관이 구속되는 걸 보고 많은 생각을 했네."

대남의 물음에 조필우의 오른팔로 불리었던 형사2부 부장 검사가 먼저 말문을 열었다.

대남은 그의 말을 잠자코 들으며 턱을 손으로 괴었다. 평소 같았으면 부장의 호통이 떨어져도 어색하지 않을 상황이었지만 마치 지금은 당연하게 느껴질 정도였다.

"만약 이대로 특별 내사가 계속해서 진행된다면 여기 이 자리에 있는 우리에게도 구속영장이 발부될 것이 뻔할 뻔 자 아니겠나."

"당연한 처사 아니겠습니까."

"크흠, 자네의 뜻을 모르는 건 아니지만 너무 하지 않은가. 우리도 그러고 싶어서 그런 게 아니네. 일을 하다 보면 자질구레한 일들을 맡게 마련이고 때로는 원치 않아도 구정물에 발을 담가야 할 때도 있는 법일세. 나만 해도 그렇네, 조필우 차장이 억지로 시켜서 한 일들을 지금에 와서 죗값을 치르라고 하면 너무 억울하지 않은가."

부장검사는 지난번과는 판이하게 달라진 모습이었다.

다른 검사들 또한 마찬가지였다. 일전 같았으면 대남의 언행에 불같이 화를 내며 언성을 높였을 자들이었지만 조창현이 구속된 것을 보고 만감이 교차한 것인지 다들 초조하고 긴장된 표정이었다.

"부장님께서 저한테 그러시지 않으셨습니까. 여기 있는 검사들이 전부 구속되도록 상부에서 내버려 두겠냐고요. 그때의 패기는 어디로 가시고, 지금에 와서 억울함을 제게 호소하십니까?"

"그, 그게 내가 지난번에도 말하지 않았나. 털어서 먼지 안나오는 사람 없다고 말이야. 우리가 저지른 일로 서부지검 형사부 전체가 들어내지는 일은 피해야 하지 않겠나. 단도직입적으로 말하겠네."

"말씀해 보십쇼."

대남은 뻔뻔한 부장의 태도에 천천히 고개를 끄덕여 보였다.

"구속영장만은 어떻게 안 되겠나, 그렇게만 해준다면 우리 11명의 좌천은 당연하고 정직이나 감봉 어떠한 징계가 내려지든 달게 받겠네. 부탁함세."

"구속영장만 물러달라."

"그렇네, 제발 부탁함세. 자네들은 도대체 뭐 하고 있나!"

"우, 우리도 부탁하네. 김 검사."

부장의 말에 다른 검사들도 따라 복창했다. 민 검사는 11명의 선배 검사가 대남을 향해 읍소하는 모습에 땀을 삐질삐질 흘릴 수밖에 없었다.

그들의 얼굴 면면에는 분노와 굴욕감이 뒤섞여 흐르고 있었다.

다만 대남의 앞이라 그런지 밖으로 표출하지는 않았다. 대남은 그들의 모습을 살펴보며 말했다.

"자신의 죄를 뉘우친 것도 아니고, 그저 구속만은 피하게 해 달라."

"아니네! 우리도 우리의 죄를 알고 있기에 하는 말이야. 이렇게 부탁하네."

대남의 말에 부장이 다급하게 손사래를 쳤다. 조창현이 구속되었으니 다음은 저들인 것이 분명했기에 당연한 행동이었다. 그 모습에 대남이 고개를 저으며 말했다.

"발본색원이라 했습니다. 잔재는 없애는 게 맞지요."

"뭐…… 라고?"

부장의 망설임 가득한 물음에 대남이 재차 말했다.

"구속이라고요."

대남이 구속을 언급하자 회의실에 자리한 검사 전원이 대경실색했다.

민 검사는 대남이 이렇게 직설적이게 말할 것이라는 걸 예상이라도 한 듯 두 눈을 질끈 감고 있었다.

개중에는 선배가 이토록 읍소를 하는데 부탁을 들어주지 않는 대남이 못마땅한지 힐난 가득한 눈길을 보내는 이들도 있었다.

"……김 검사, 어떻게 안 되겠나. 우리 모두 딸린 식구가 있지 않나."

부장검사는 짐짓 뜸을 들이다 대남에게 재차 매달렸다. 사법연수원 기수로 보나 검찰 경력으로 따지나 대남과 부장 사이에선 하늘과 땅 사이의 간극만큼이나 큰 세월이 존재하고 있었지만 부장은 지금 이 순간만큼은 그 무엇도 개의치 않았다.

"한순간의 실수로 여태껏 이뤄낸 것들이 물거품이 되면 너무 하지 않겠는가, 우리에게도 기회를 줘야지."

"기회라 말씀하셨습니까."

"그래, 다들 이 때문에 검사직을 내려놓기에는 아까운 인물들이지 않나. 당장 서부지검에 이만한 경력의 검사들을 충원할 수 있을 것 같나. 자네의 결단에 서부지검의 존폐가 달렸다고 해도 과언이 아니야. 다시 한번 고려해 보게."

서부지검의 존폐라는 말을 뻔뻔스럽게도 꺼내 보였다. 하지만 부장의 말마따나 이토록 경력이 화려한 검사들을 일순간에 전부 충원하기란 하늘의 별을 따는 것과 마찬가지로 힘들 터였다.

대남이 고민하는 기색이 보이자, 부장은 그제야 입꼬리를 말아 올렸다.

"그래, 우리가 죽을죄를 진 것도 아닌데 말이지."

"제가 뭐 때문에 고민하는 것 같아 보이십니까?"

"그게 무슨 소리인가?"

대남이 고민하는 모습을 보고 승기를 잡았다고 생각한 부장은 도리어 돌아온 질문에 어안이 벙벙했다. 대남은 그 모습을 지켜보다 턱을 괴며 되물었다.

"검찰 조사를 받고 있는 이들이 담당 검사를 협박하다니, 제정신이십니까?"

"⋯⋯!!!"

"법정에서 이러한 죄목이 더해진다면 어떻게 될지 심히 궁금하군요."

대남의 말에 회의실에 앉은 검사들은 어쩔 줄 몰라 하며 분노하고 있었다. 하지만 뒤이어 대남이 품속에서 녹취기를 꺼내 보이자 그들의 표정은 순식간에 달라졌다.

옆자리를 지키고 있던 민 검사의 얼굴에도 놀라움이 가득 들어찼다. 대남이 녹취기까지 준비했을지는 상상도 못 했다는 표정이었다.

부장은 그제야 전에 대남이 기자들 앞에서 차장검사와의 대화를 공개한 것이 생각난 것인지 식은땀을 삐질삐질 흘리며 말했다.

"아, 아니, 김 검사……. 그래도 우린 다 같은 식구이지 않나."

"식구라고요?"

"그, 그래. 사법연수원을 먼저 수료했던 선배들로서 후배인 자네에게 떳떳하지 못한 모습을 보인 것은 내 인정하네. 하지만 자네의 잣대로 세상 모든 검사를 판가름한다면 반수 이상이 죽어 나갈 것이야. 나도 차장이 그런 치졸한 짓까지 벌이고 있을 줄은 상상도 못 했네. 가족끼리 힘들수록 더욱 똘똘 뭉쳐야 하는 법이 아닌가."

부장의 부탁에 다른 검사들도 다급해졌는지 한 마디씩 거들었다. 대남은 그들을 하나하나씩 살펴보았다.

대부분이 화가 단단히 난 것을 억지로 누르고 있는 것이 눈에 훤히 보였다.

대남보다 일찍이 서부지검에 있었던 민 검사는 오랫동안 보아 온 직속 선배들의 부탁에 당황스러워하고 있었다.

"저는 말이에요."

대남이 운을 띄우자, 모두의 이목이 집중되었다.

"죄를 짓고는 봐달라고 하는 사람들이 너무 싫습니다."

"그래도 우리가 없어지면 힘들어지는 건 자네들이야. 우리가 벌을 안 받는다는 게 아니지 않나. 그동안 검찰에서 일했던 노고를 생각해서 조금의 참작을……."

"노고라, 검사라는 신분을 이용해 부정부패를 저지르는 것도 노고라 할 수 있습니까."

"……."

대남이 직설적으로 말하자 검사들은 입을 꾹 다물 수밖에 없었다. 특별 내사가 진행되었을 적만 하더라도 중징계로 끝날 것이라 예상했던 일이었다. 하나 조필우 차장검사가 구속되고, 권력가 조창현마저 구속되고 나니 눈앞이 깜깜해졌다.

대남은 자리에서 일어나며 그들을 향해 사형선고를 내렸다.

"검찰에는 아직 유능한 검사들이 많습니다. 당신들이 없어진다고 해서 하루아침 만에 서부지검이 무너지지는 않습니다."

"……!!!"

대남의 태도에 회의실에 자리한 검사들은 그제야 자신들이 자충수를 두었다는 사실을 깨달았다.

대남의 강단 있는 모습에 민 검사는 혀를 내둘렀다. 각 형사부 부장검사들을 포함해 부부장검사들이 진을 치고 있는 회의실 내에서도 전혀 페이스에 휘말리지 않았다.

조창현 앞에서도 기세등등한 모습을 보아 어련하겠나 싶었지만 예상외였다. 더군다나 녹취기까지 따로 준비해 두고 있었다니, 놀라움의 연속이었다.

207실로 돌아가는 내내 복도의 많은 검찰 직원들이 대남과 민 검사를 힐끔거렸다.

그들 또한 듣는 귀와 보는 눈이 있으니 회의실 내에서 어떠한 일들이 벌어졌겠거니 예상은 했었을 터였다. 대남의 시선을 회피하는 그 모습들은 마치 저승사자의 눈길을 피하는 그것과 닮아 있었다.

207실에 도착하자마자 민 검사가 우려 섞인 목소리로 말했다.

"김 검사, 앞으로 어떻게 할 거야. 저 치들 하는 행동 보면 가만히 있지 않을 거 같던데. 탄원서라도 낼 기세더만……."

"이미 늦었습니다."

"늦었다고?"

대남은 민 검사의 의문에 짧게 고개를 끄덕여 보였다.

"회의실에 가기 전부터 이미 전원 구속영장을 신청한 상태였으니까요."

"허……"

대남의 과감 없는 행동력에 민 검사는 감탄을 터뜨렸지만 한편으론 걱정되기도 했다.

조창현과 조필우 차장검사, 거기다 11명의 부장, 부부장급 검사들까지 대남이 특임 검사로 임명되고 특별 내사를 벌이는 동안 잡아들인 인물들이었다.

대남은 그러한 민 검사의 의중을 읽은 것인지 개의치 말라는 듯 미소 지어 보였다.

"쉽사리 빠져나오지 못할 겁니다. 이미 상부에서도 협조적이고요. 검사장, 검찰총장님까지 나서는 마당에 그들이 막을 수 있는 방법은 없습니다. 공권력의 불신에 대한 목소리가 높여지는 시점이었으니 시기 또한 아주 적절했죠. 그리고."

대남은 민 검사를 직시하며 말했다.

"검사는 범법자를 두려워해선 안 됩니다, 두려워해야 하는 건 바로 그들입니다."

서부지검 내 12명의 검사를 전원 구속시킨 특별 내사팀의 행동력은 대외적으로 크나큰 파장을 불러일으켰을 뿐만 아니라 지검 내에서도 많은 변화를 일으켰다.

예전 같았으면 대남과 거리를 두고 싶어 했던 검사들마저도 이제는 대남의 능력을 눈여겨보며 가까이하고 싶어 하는 이들이 늘었다.

특히 검찰 여직원들 사이에선 대남이 아주 철혈의 귀공자급으로 대우를 받고 있었다.

"김대남 검사가 그렇다니까, 카리스마가 흘러넘치잖아."

"나이도 어린데 어쩜 그렇게 강단 있을 수 있는 건지."

"깐깐한 우리 팀 부장도 김대남 검사를 밑에 두고 싶어 하더라고."

검찰 수사관들의 말이 207실 실무관의 귓가를 간지럽혔다. 요즘은 어딜 가나 김대남 검사에 대한 이야기가 빠지지 않고 등장했다.

결속력이 강하고 조직문화가 뿌리 깊게 박힌 검찰에서는 굉장히 보기 드문 광경이 아닐 수 없었다. 어떻게 보면 역설적이게도 대남은 내부 고발자 그 자체였으니 말이다.

세간의 평가에선 대남이 검찰 개혁의 도화선에 불을 붙였다고 평가하고 있었다. 평검사로서는 이례적인 대평가였지만 대부분이 그 의견에 고개를 끄덕였다. 어찌 되었든 대남이 보인 행보들은 일개 평검사는 죽었다 깨어나도 해낼 수 없는 업적들이었다.

그리고 세상은 언제나 불세출의 영웅을 원했다.

"검사장님 대회의라……."

민 검사는 자신의 손에 들린 공문을 내려다보며 중얼거렸다.

특별 내사 때문에 눈코 뜰 새 없이 바빠진 나날이었지만 이제 사건이 막바지에 다다르고 있을 무렵 검사장 주최하에 대회의가 또다시 열리게 되었다. 주제 안건은 서부지검 형사부였다.

"아무래도 많은 검사가 구속되었으니 형사부의 재편성이 이루어지겠죠."

대남의 말에 민 검사가 침음을 삼켰다. 벌써 형사부의 중견급 검사들 12명이 구속되었다. 이대로 가다가는 업무가 마비될 지경에 이를 터였으니 하루빨리 공석들을 채워주는 게 옳았다. 아무래도 나머지 서울 4대 지검과 수도권 인근 지방 검찰청에서 많은 검사가 전근을 올 터였다.

시간이 되자, 대남과 민 검사는 대회의실로 발걸음을 옮겼다. 대회의실로 가는 도중 아직까지도 대남을 흘겨보는 시선들이 여전히 있었지만 이전과는 확연히 차이가 날 정도로 줄어 있었다. 대남은 개의치 않고 배정된 좌석에 몸을 앉혔다.

얼마 지나지 않아 대회의실 안이 서부지검 소속 인원들로 가득 들어차게 되자, 단상 위로 검사장이 걸어 올라왔다.

"다들 바쁘신 것 알고 있지만 아무래도 근래 벌어진 특별 내사로 인해 정신이 없을 형사부로 인해 대회의를 주최하게 되었습니다. 현재 서부지검 형사부는 인원이 과다하게 부족한 상태이며 대부분의 중견급 간부들이 특별 내사로 인해 구속 수사 중인 상태입니다."

검사장의 말이 이어질수록 수군거렸던 주위는 이미 고요해져 있었다.

"저는 현재 서부지검 내에서 벌어진 부정부패와 관련하여 일신의 책임을 다하고 모든 사건이 마무리되는 대로 검사장의 직위에서 내려올 생각입니다. 그와 관련해서는 여러분들에게 한 검찰청의 수장으로서 끝까지 함께하지 못해 미안하다는 말을 전합니다."

"······!!!"

검사장이 본인의 입으로 옷을 벗겠다 공언하자 모두 놀란 기색이었다. 다들 예상은 했지만 실질적으로 이뤄질지는 몰랐던 눈치였다.

사실 지검 내에서 불거졌던 부정부패와 관련해 아무리 허수아비 장이었다고 할지라도 책임을 안 질 수 없는 중대 사안이었다.

"하지만 옷을 벗기 이전에 서부지검 형사부와 관련해 공석이 되어버린 중견급 검사들의 자리를 채워야 한다고 생각했습니다. 현재 차장검사를 비롯한 형사1부 2부의 부장급 검사들과 부부장검사의 경우 남부지검과 동부지검, 그리고 북부지검에서 각각 인원들이 차출되어 전근 올 예정입니다. 다만."

검사장은 서부지검 형사부 검찰 직원들이 모인 자리를 보고는 말했다.

"외부의 인원들이 이토록 갑작스레 많이 들어오게 되면 형사부 자체적으로 많은 혼란을 겪게 될 터, 기존에 있던 검사들의 승진을 결정하게 되었습니다. 먼저 서부지검 형사3부 민중 검사."

민 검사는 갑작스레 자신의 이름이 호명되자 놀라 자리에서 벌떡 일어났다. 승진과 관련한 이야기가 나왔을 적부터 모두 예상했던 인물이라 그런지 다들 놀란 기색은 없었다. 검사장은 민 검사를 향해 말했다.

"형사3부 부부장검사에 임명하겠습니다. 추후 인사고과와 관련한 내용은 정확한 공문이 내려갈 것입니다."

"네, 넵!"

민 검사는 어안이 벙벙한 표정이었다. 예정에도 없던 승진 소식을 들었던 터였기 때문이다.

부부장검사로 올라가기 위해 많은 노력을 했지만 하늘의 별따기와 마찬가지처럼 여겨졌었다. 대남과 함께 특별 내사를 시작할 무렵에는 종국에 좌천을 당하겠거니 내심 짐작하고 있었다.

그런데 부부장검사라니, 아직도 민 검사는 꿈을 꾸는 듯 믿기지 않는 눈치였다.

검사장의 말은 여기서 끝이 아니었다.

"그럼에도 아직까진 형사3부의 부장검사 자리는 공석으로 존재합니다. 부장검사라 함은 한 부서의 장으로서 많은 역할을 수행해야 하기에 리더십은 물론 검사 개인적인 능력적 탁월함도 손 보여야 한다고 생각합니다. 제가 생각하기엔 이보다 더 이 자리에 걸맞은 검사는 없어 보이는군요. 형사3부의 부장검사자리에는……."

"설마……."

누군가가 의문 어린 목소리를 토해냈다.

그리고 그 의문은 현실이 되어 다가왔다.

"김대남 검사."

"……!!!"

파격적인 승진 소식에 모두의 입이 쩌억 하고 벌려졌다. 검사장의 입에서 대남의 이름이 호명되자 장내가 경천동지할 만큼 술렁였다.

민중 검사의 부부장검사 승진은 예견되어왔던 일이었다. 특별 내사팀의 일원이 되기 이전부터 서부지검에서 오랫동안 검사 일을 해왔던 그이기에 기수로 따지고 본다면 부부장직을 달아도 이상하지 않았다.

하나, 대남은 아니었다. 이제 막 평검사에 발을 들인 초임이 불과 일 년도 채 되지 않은 시점에 부장검사직을 단다니, 이건 검찰 역사상 전무후무했던 일임은 물론이고 검찰의 기수와 조직 기강을 저하시키는 일임에 틀림없었다.

검사들의 볼멘소리가 나오는 것은 당연한 수순이었다.

"검사장님! 지금 그 인사고과는 너무하신 처사이십니다. 이제 막 평검사를 단 친구에게 부장검사직이라니요!"

"맞습니다! 김대남 검사가 이번 특별 내사에서 혁혁한 공을 세우기는 했으나 그것 하나만으로 부장검사라는 중대한 직책을 맡기기에는 이릅니다."

"만약 김대남 검사가 부장검사를 달게 된다면 부장검사 이하에 존재하는 위 기수들은 어떻게 해야 한단 말입니까? 부부장급으로 승진을 시켜줘도 감지덕지할 판국에 부장이라니요!"

검사장 앞이었지만 타부서의 부장검사들을 비롯한 검사들은 작금의 인사고과에 어김없이 한소리씩 거들었다. 특별 내사 이후 대남에게 호의적이었던 인물들조차도 지금의 인사고과에는 고개를 저을 수밖에 없었다.

제아무리 능력 위주의 사회로 귀결되고 있다고 한들 조직집단의 기강마저 저하될 수는 없다는 것이 그들의 중론이었다.

민 검사는 식은땀을 흘리며 옆자리에 앉아 있는 대남을 슬

머시 바라봤다. 장내가 저의 승진 소식을 두고 갑론을박인 가운데 대남은 마치 다도를 즐기는 것처럼 상황을 여유롭게 관조하고 있었다.

"김, 김 검사……."

민 검사는 대남을 부르려다 결국 말끝을 흐리며 입을 다물 수밖에 없었다. 만약 검사장의 발언대로 인사고과가 이뤄지게 된다면 대남이 결국 자신의 직속 상관으로 들어서는 것이나 다름없었기 때문이다.

물론 후배 기수가 선배 기수를 제치고 한 단계 높은 직급을 차지하는 것도 없는 일은 아니었지만 그것도 조필우와 김명길 검사장같이 수십 년 동안 검찰에 자리했던 이들에 한정된 이야기에 불과했다.

"자, 모두 조용!"

시장바닥처럼 소란스러워졌던 장내를 일순간에 조용히 시킨 것은 다름 아닌 검사장이었다.

"지금 김대남 검사의 승진 문제로 인해 많은 불만이 터져 나오는 것은 알고 있습니다. 그럼 제가 도리어 여러분들에게 묻고 싶군요. 서부지검은 현재 특별 내사가 진행 중에 있긴 하지만 수많은 부정부패와 관련되어 있다는 혐의점이 계속해져서 불거지고 있는 판국입니다. 저 또한 잘한 검사장은 아니지만, 김대남 검사의 선배를 자처하는 당신들은 여태껏 무엇을 했습니까?"

검사장의 직설적인 물음에 장내에는 삽시간에 적막감이 깔렸다.

"그, 그건 어쩔 수가 없었습니다. 그리고 이 자리에 있는 검사들은 부정부패라는 단어와는 거리가 먼 삶을 살아왔습니다."

누구도 쉽사리 말문을 열지 못하던 시점에 타부서의 부장 검사가 겨우 힘을 내어 말을 꺼냈다.

머리숱이 별로 없는 그의 이마에는 어느덧 땀이 송골송골 맺혀 두꺼운 볼살을 타고 흘러내리고 있었다.

검사장은 그 모습을 바라보며 나직이 되물었다.

"어쩔 수가 없었다고요? 때로는 방관자도 문제가 되지요."

"……!!"

"나를 포함한 서부지검 내 검사들은 이번 내사로 인해 밝혀진 부정부패를 보고 부끄러워해야 할 것입니다. 선배들이 쌓아왔던 비리의 산을 이제 막 검찰에 발을 들인 신임 검사가 쳐내고 있지 않습니까, 만약 여러분들이었다면 이토록 앞장서 나설 수 있겠습니까! 검사란 무릇, 이상과 현실 속에서 정의로운 현실을 좇아야 할 직업이거늘 우리는 여태껏 무엇을 눈앞에 두고 좇았단 말입니까!"

검사장의 거센 꾸짖음에 지검 내 검사들은 고개를 들지 못했다. 특히 특별 내사가 아직 완전히 종결되지 않았다는 점에서 혹여나 자신들에게 불똥이 튈까, 이제는 다들 걱정이 한가득한 표정이었다.

검사장은 수많은 검사 중 대남을 향해 말했다.

"김대남 검사, 자네는 자신의 승진에 관해 어떻게 생각하나?"

검사장의 물음에 장내의 이목이 전부 대남에게 집중되었다. 대남은 과한 시선을 받으며 자리에서 일어났다.

"여러 선배님의 말씀대로 평검사인 제가 지금 당장 부장검사직을 달기에는 많은 부담이 될뿐더러, 어쩌면 조직 내 기강의 저하를 야기할 수도 있을 것이라 생각됩니다. 하나."

"하나?"

"그건 정상적인 체계 하에서 이뤄진 조직에 한정되는 이야기입니다. 사법연수원을 수료하고 검찰 임명장을 받았을 때부터 모두가 오롯이 한 명의 검사가 되었습니다. 서부지검은 제가 보았던 어느 곳보다도 비리와 비밀이 많은 곳이었습니다. 애초에 검사의 직분이 제대로 작용되지 않는 곳에서 기수제의 기강을 따지기란 요원한 일이 아닙니까?"

"……!!!"

대남의 폭탄 발언에 모두가 입을 다물지 못했다. 개중에는 얼굴을 붉히며 거센 콧김을 내쉬는 이들도 있었다. 민 검사는 대남이 선배 검사들 여럿을 앞에 두고 이토록 과감하게 말을 내뱉을 줄은 상상도 하지 못한 모양인지 연신 당황스러운 표정을 지었다.

"지금 자네의 그 말은 결국 부장검사직을 꿰차겠다는 말처럼 들리는데!"

타부서 부장검사 중 한 명이 그렇게 소리쳤다. 그에 힘입어 대남을 힐난하는 자들도 생겨났다.

대남은 그들의 말을 받아치며 천천히 입을 열었다.

"따지고 보면 못할 것도 없지요."

"허……?!"

"현재 서부지검은 부정부패로 얼룩진 검사들의 온상이 되었습니다. 상황이 상황이니만큼 나이와 기수를 따지기에 앞서 검사라는 직책이 가지는 의의를 다시 한번 더 상기해 보시길 바랍니다."

대남의 직언에 검사들은 어쩔 줄 몰라 했다. 하물며 자리를 박차고 일어나려는 이들까지 보였다.

검사장 주최의 대회의가 이처럼 혼란스러워질지는 그 누구도 예상치 못한 일이었다. 그 순간, 조금 전 대남에게 딴지를 걸었던 부장이 자리에서 일어나 언성을 높였다.

"난 인정 못 하네! 검사장님께서 아무리 자네의 기량을 높게 샀다 해도 아직 초임 검사에 불과한 신임을 부장직에 올려

놓는 행위는 우리 서부지검뿐만 아니라 전 검찰의 위신을 깎아내리는 짓이나 마찬가지일세!"

"알겠습니다."

"뭐……?"

말꼬리를 잡고 늘어질 줄 알았던 대남이 가타부타 따지지 않고 알겠다 하니 오히려 당황한 것은 다른 검사들이었다. 대남은 거기서 그치지 않고 계속해서 말을 이었다.

"제가 부장검사 직함을 다는 게 그리 보기 싫으시다면, 다들 제가 제안하는 조건에 응해주셨으면 좋겠습니다."

"조건이라고?"

"그렇습니다. 부장검사직이라는 게 원래 단숨에 달기 힘든 것이기도 하고 저 또한 아직까지는 커리어가 부족하다고 생각해 앞으로 석 달의 시간을 가질 예정입니다. 석 달 동안 서부지검 내에서 저희 특별 내사팀이 현재 주관하고 있는 항목 외의 또 다른 부정부패의 혐의점이 발견되지 않는다면 그때는 제가 인정하고 부장직을 무르겠습니다. 더불어 석 달의 기간 내에 자수한 비리에 관해서는 위의 조건이 해당되지 않습니다. 즉, 저희 내사팀이 혐의점을 발견했다고 인정되지 않는 부분입니다. 이렇게 진행해도 되겠습니까, 검사장님."

대남의 물음에 검사장은 흡족한 미소를 지어 보였다.

"지검 내 검사들의 반발도 심하고, 자네의 뜻이 정 그렇다면야 못 할 것도 없지."

"……!!!"

대남의 발언은 생각지도 못한 제안이었다. 석 달 동안 서부
지검 내에 더 이상의 부정부패를 찾지 못할 시에는 부장검사
직에 앉지 않겠다니, 어떻게 보면 광오하고 다르게 보면 엄청난
자신감을 가지고 있는 것이나 마찬가지였다.

더불어 검사장의 승인까지 떨어졌다. 이 믿기지 않는 일련
의 일에 지검 내 검사들이 분노하며 건방지다고 생각하고 있
을 무렵, 대남의 차갑고도 낮은 목소리가 장내를 울렸다.

"자신 없으십니까, 다들."

대회의가 끝나고 민 검사는 거무죽죽해진 얼굴로 207실로
돌아왔다.

집무실로 들어선 그는 쓰러지듯 의자에 무너지고야 말았
다. 그에 반해 함께 집무실로 들어선 대남의 얼굴에는 여유가
가득했다.

거사를 치르고 온 사람이라고는 믿기지 않을 정도의 여유였
다. 마치 일이 이렇게 흘러갈 줄 알았다는 듯이.

계장과 실무관의 얼굴에도 다소 망설이는 기색이 가득했다.

분명 저들이 모시고 있는 검사의 승진 소식에 기뻐해도 모자랄 지경이었지만 대남이 지검 내 검사 전원을 상대로 부장검사 자리를 놓고 내기를 제안했다는 사실 때문에 경악을 금치 못하고 있었다.

"김 검사, 정말 3개월 동안 비리가 발견되지 않으면 부장검사직을 내놓을 생각이야?"

민 검사가 짐짓 뜸을 들이다 대남에게 물었다. 어떻게 보면 자신보다 높은 직책을 부여받은 대남이기에 그 사이가 예전만큼 편하다고는 할 수 없었다. 하지만 대남은 예전과 다름없는 시선으로 민 검사를 바라보며 말했다.

"민 검사님 생각에는 어떻게 될 것 같습니까?"

"어? 뭐가?"

"3개월 내 우리 특별팀이 해낼 수 있다고 보십니까?"

대남의 물음에 민 검사는 쉽사리 대답할 수가 없었다. 대남이 내건 조건대로라면 3개월 이내에 자신이 저지른 위법에 관해 자수하는 이들에 한해선 특별 내사팀의 업적으로 규정하지 않는다 했다. 과연 지검 내에 얼마나 많은 비리가 남겨져 있으며, 또 검찰 직원들이 정말로 자수를 할 것인지 일말의 예상조차 되지 않았다.

"부정부패를 일삼던 세력을 일망타진한다고 해서 그 빈자리가 다시 깨끗하게 채워지는 것은 아닙니다. 인물이 바뀌고 세월이 흐르면 다시 흐트러지게 마련이죠. 그러나 저는 가능성은 있다고 생각합니다."

"가능성……."

"예, 부정부패의 씨앗이 다시 싹을 틔우려 할 때, 곧바로 싹을 잘라 버리고 태워 버리고 짓이겨 버리면 된다고 생각합니다. 지검 내 검사들은 이미 저희 내사팀이 벌여왔던 일련의 일들을 두 눈으로 똑똑히 지켜보았습니다. 이제 와서 생각이 들겠지요. 과연 저 특별 내사팀이 3개월이라는 적지 않은 시간 동안 작은 비리하나 찾지 못할까 하고 말입니다."

특별 내사팀의 일원인 민 검사가 객관적으로 보았을 때도 대남이 특임으로 있는 내사팀의 힘과 저력은 막강했다. 아무도 잡지 못할 것으로 생각했던 조필우 차장검사를 넘어 권력가 조창현을 잡아내지 않았는가, 지검 내가 완전히 털리는 것은 시간문제였다.

"하지만 특별 내사팀은 머지않아 해체를 하게 됩니다. 공판 부분에서야 민 검사님께서 힘을 써주시겠지만 서부지검 형사부 업무를 처리하기 위해 다시 본래 생활로 돌아가야 하는 법이죠. 주어진 시간 안에 저희가 다 발본색원할 수 있겠습니까?"

"불가능할 테지."

형사부를 들쑤시는 것만으로도 시간이 오래 걸렸다.

지검 내 모든 부서에 관해 특별 내사를 꼼꼼히 하기란 시간과 인원의 부재가 너무나도 컸다.

　그제야 민 검사는 대남이 대회의실에서 했던 발언들의 의의를 깨달을 수가 있었다. 대남은 평소와 다름없이 특별 내사와 관련한 사건 파일을 정리하며 말했다.

　"작금의 인사고과 문제 또한 마찬가지입니다. 제가 부장검사가 되는 게 싫다면."

　대남의 말에 민 검사가 침을 꿀꺽 삼켰다. 검찰 역사상 유례없었던 일이 서부지검에서 태동하고 있었기 때문이다.

　"그들 스스로가 자정 역할을 해내면 되는 일입니다."

　자정(自淨)이라, 검찰을 상대로 스스로 자정 역할을 할 수 있게끔 만들겠다는 대남의 원대한 포부에 민 검사는 진심으로 감탄하고 있었다.

　혹, 애초에 검사장님에게 부장검사직을 권유받았던 것마저 모든 것을 예정된 일련의 쇼가 아니었을까, 궁금증이 궁금증을 계속해서 낳았지만 해답을 알고 있는 대남은 입을 열지 않았다.

　"자네가 생각하기에는 과연 자수를 할 것 같은가?"

　"모든 것은 그들의 뜻에 달렸습니다. 시간이 갈수록 특별 내사의 포위망이 점차 옥죄어 올 테고, 만약 한 건이라도 발견하게 된다면 부정부패의 관련자가 되는 것은 물론이거니와 저를 부장검사라는 요직에 올려주게 되는 역할을 하게 될 것인데, 뭇 사람들의 몰매를 피할 수는 없겠지요."

"허……."

만약 비리를 저지른 이들이 자진해서 나타나지 않는다 하더라도 대남은 그들의 구린 곳을 찾아낼 자신이 있었다.

물론 대어라고 할 만한 거대 범죄와 관련된 검찰 관계자들은 이미 구속기소를 끝마친 상태였다.

"부정부패와 관련해 현재 남아 있는 검찰 관계자들은 일전에 구속기소 된 이들에 비하면 잔챙이라는 말이 턱 어울리지요. 지금 그들은 무수히도 많은 고민을 반복하고 있을 겁니다."

"고민이라."

"특별 내사팀에서 3달이라는 시간 안에 어떻게든 부정부패와 관련된 인물들을 잡아 보이겠다고 공언했으니 말이죠. 증거를 없애든지, 자수를 하든지, 실수가 나타나게 마련입니다. 잔챙이들을 모아 한 방에 잡는 것은 무어라 하시는지 아십니까."

똑똑-

그 순간, 노크 소리와 함께 실무관이 집무실로 들어와 말했다.

"김 검사님, 지금 검사장님께서 찾으십니다."

"검사장님이?"

"알겠습니다, 금방 가도록 하죠."

실무관의 말에 민 검사는 의문을 표했지만 대남은 마치 예상이라도 했다는 듯이 자리에서 일어나고 있었다.

민 검사가 종전의 답을 듣지 못해 의문스러운 눈초리로 바라보자 대남은 예의 그럴 줄 알았다는 듯이 짤막한 해답을 남기며 걸음을 옮겼다.

"몰이사냥."

검사장실로 가는 길목 내내 무수히도 많은 시선이 대남을 향했다.

이미 이전부터 서부지검 내에서는 대남을 모르는 이가 있을 리 만무했지만 대회의실에서 있었던 파격적인 승진 소식으로 인해 그 유명세가 한층 더 뛰어올랐다.

검사장실로 도착하고 나니, 이미 김명길 검사장은 차로 입을 축이며 대남을 기다리고 있었다.

검사장이 찻잔을 소리 나게 내려놓으며 대남에게 말했다.

"부장검사직이 아깝지는 않은가, 자네가 굳이 그렇게 하지 않았다고 해도 강경하게 나갔으면 부장검사를 달 수 있었을 텐데 말이야. 이미 여론은 자네의 편이고, 상부에서도 갑작스럽게 서부지검 수뇌부가 공석이 되어버린 상황을 곤란해하고 있던 차였으니."

"제가 그대로 부장검사직을 달았더라면 후폭풍이 거세겠지요. 그리고 결정적으로 아직까지는 직급에 대한 열망이 없습니다. 높은 자리에 올라가 봤자, 시야가 넓어지는 것이 아니라 오히려 좁아지는 경우를 많이 봐서 말이죠."

검사장은 대남의 말에 고개를 끄덕였다. 눈앞의 젊은 청년 검사는 자신이 생각했던 것보다 그릇의 크기가 더욱 컸으며 깊이는 가늠할 수 없을 정도였다.

서부지검 전 검사를 대상으로 부장검사직을 걸고 내기를 했다는 것 자체가 그러했다.

"그래도 내기에서는 이기게 될 터인데, 그때 돼서도 부장검사직을 무를 텐가?"

특별 내사팀이 3개월 내에 부정부패와 관련한 검찰 관계자를 도출해내지 못한다는 것은 오히려 불가능에 가까웠다.

이미 특별 내사의 저력을 봐왔던 터라, 서부지검의 검사들도 그 사실을 모르지는 않을 터. 앞으로의 귀추가 주목되었지만 대남은 입가에 미소만 지어 보일 뿐 이렇다 할 대답은 하지 않았다.

"지금 자네를 부른 이유는 상부에서 공문이 내려왔기 때문이야, 원래 자네의 방송 출연이나 언론 노출은 절대로 허가가 떨어지지 않았지. 그 이유는 자네도 알고 있겠지, 일전에 있었던 수많은 기자회견에서 자네가 했던 폭탄 발언들 때문이라는 것은."

"알고 있습니다."

"그런데 상부에서도 마음을 바꿔먹은 모양이더군, 아무래도 검찰 총장님이 자네를 좋게 본 경향이 컸지. 지금 국내 언론은 서부지검 특별 내사팀에 온 관심이 쏠려 있다고 해도 과언이 아니야, 웬만한 신파극보다도 엄청났으니 말이지."

검사장의 말처럼 대남이 특임 검사로 있는 특별팀의 행보는 전 국민의 지대한 관심을 받고 있었다.

신임 검사가 저가 속한 검찰청의 수뇌부들을 비롯해서 법조계의 막강한 권력을 지닌 권력가를 잡아내는 모습은 웬만한 액션 영화보다도 더욱 극적이고 카타르시스를 느끼게 하기에 충분했다.

"언론 노출을 하라는 말씀이십니까."

"그렇지, 국민들의 민원 제기도 이어지고 있는 상태고 이미 위쪽에서도 이번 사건에 대해 지대한 관심을 보내고 있으니 기자회견을 해도 좋다고 생각하고 있어. 물론 현재 진행되고 있는 사건의 사안들에 대해서는 상세히 말하진 못하겠지만 말이야."

"기자회견이라……."

대남은 천천히 고개를 주억거렸다. 공권력 불신은 곧 정부와 입법기관의 불신으로 이어진다. 하나, 이럴 때일수록 서부지검의 내부 고발을 폭로한 대남의 입지는 더욱 높아지게 마련이었다.

"정부를 대변하는 영웅이라도 되라는 말입니까."

"정부를 대변하는 것이 썩 마음에 들지 않는다 해도 어쩔 수 있나, 검사란 정부의 밑에서 일을 하는 이들이 아닌가."

"검사가 정부의 꼭두각시 노릇까지 할 필요는 없다고 생각합니다만."

"자네의 앞날을 위한 것이야, 그리고."

검사장은 대남을 직시하며 말했다.

"영웅, 틀린 말도 아니지 않은가."

검사장은 대남이 보인 행보를 되살펴 봤을 때 충분히 영웅이라 생각했다.

언론 노출, 검찰청에서 브리핑을 열거나, 대대적인 기자회견을 하는 경우는 종종 있었다.

하나 대남이 선택한 언론 노출은 다름 아닌 방송 출연이었다.

KBC 시사·교양국 '시사 쟁점 토론'의 PD는 대남의 얼굴을 마주하자마자 화색이 감돌았다.

"아이고, 검사님. 공무 때문에 바쁘실 텐데 저희 '시사 쟁점 토론'에 재출연해 주신다고 하니 이루 말로 표현할 수 없을 정도로 감사할 따름입니다. 매번 검사님의 활약들은 신문을 통해 잘 보고 있습니다. 저희 집사람은 검사님 나온 기사 전문을 스크랩할 정도로 팬입니다."

PD는 대남을 극진히 환영했다. 그의 입장에 있어서 대남은 귀인 중의 귀인이었다.

'시사 쟁점 토론'을 일약 스타 프로그램으로 올렸을 뿐만 아니라 자신의 인생 가치관을 바꾸어 놓은 인물이었기 때문이다.

대남의 활약은 방송에서 공언했던 것처럼 거침이 없었다. 그렇기에 PD는 자신보다도 나이가 어린 대남을 마치 원로 학자 대하듯 공손히 대했다.

"저도 잘 부탁드리겠습니다. PD님."

'시사 쟁점 토론'의 스태프들은 하나같이 대남을 반겼다. 일전의 방송 출연에서 대남이 보여주었던 결단력과 카리스마를 잊지 못했기 때문이다.

더군다나 KBC 사장에게 자신들의 열악한 근무 여건까지 말해 놓았었다고 하니 좋아하지 않으려야 않을 수가 없었다.

스태프들과 진행자의 얼굴에 기합이 들어간 것이 눈에 띄었다.

생방송으로 진행되기에 긴장하는 것이야 당연했지만, 금일 출연자가 대남이라는 사실 덕분에 그 긴장은 메마를 생각을 하지 않고 있었다.

드라이 리허설을 하고 나서도 PD는 자신의 손에 맺히는 진땀을 지워낼 수 없었다.

"PD님, 오늘 시청률 얼마나 예상하십니까?"

주변 스태프의 물음에 PD는 자연히 입꼬리를 말아 올렸다.

"스탠바이 오 분 전, 모두 자리에서 착석해 주시기 바랍니다!"

조연출의 외침에 실내에 자리한 방청석에 방청객들이 일제히 앉았다.

그들도 오늘 대남이 출연한다는 사실 때문인지 연신 저들끼리 수군거리기 바빴다.

대남 또한 대기실에서 벗어나 세트장 중앙으로 걸음을 옮겼다. 대남이 세트장 중앙으로 걸음을 옮기자, 마치 주위가 일순 음소거 상태라도 된 듯 고요해졌다.

"스탠바이 일 분 전!"

대남이 진행자와 간단한 인사를 나누고 옷매무새를 가다듬고 나자, 조연출이 슬레이트를 쳤다. 그와 동시에 진행을 맡은 아나운서가 정면 카메라를 향해 힘차게 외쳤다.

"자, 안녕하십니까. '시사 쟁점 토론'의 진행을 맡은 김해일 아나운서입니다. 금일 '시사 쟁점 토론'의 주제는 요즘 세간을 떠들썩하게 만든 공권력의 불신에 관한 것인데요. 그리고 그러한 불신들에 대한 의문을 낱낱이 해소해 주실 아주 유명하신 분이 찾아주셨습니다. 시청자분들도 지금쯤이면 눈치를 채셨겠죠, 바로 저희가 그토록 고대했던 김대남 검사입니다!"

진행자의 소개말이 끝나자 대남의 얼굴이 클로즈업되었다. 대남은 정면 카메라를 향해 고개를 숙여 보였다. 그 모습만으로도 방청석에서는 박수 소리가 터져 나왔다. 일개 출연자라기보단, 이미 방송의 주인공이 되어 있는 모습이었다.

진행자는 그 틈을 놓치지 않고 대남을 바라보며 질문했다.

"김대남 검사께서는 현재 특별 내사팀의 특임 검사로서 수많은 공무를 수행하고 계신 것으로 알고 있습니다. 얼마 전에만 해도 조창현 전 대법관의 자택을 손수 부수고 들어가는 모습으로 화제가 되었죠. 이처럼 검사님의 거침없는 모습은 국민들로 하여금 시원한 통쾌함을 주고 있습니다. 이 사실을 알고 계십니까?"

"저로서는 검사로서의 직분을 다했을 뿐인데 국민들께서 좋게 봐주셨다니 그저 감사할 따름입니다. 단, 한 가지 바라는 점이 있다면 앞으로 저의 그러한 모습들이 거침없다 보이기보다는 검사로서 당연히 해야 할 업무처럼 느껴지는 사회가 도래했으면 좋겠습니다."

"……!!"

진행자는 땀이 송골송골 맺히는 것을 느꼈다. 세트장 한편에 있던 PD 또한 마찬가지였다.

역시 대남은 예나 지금이나 언행에 거침이 없었다. 어떻게 보면 검찰을 대표해서 나온 자리임에도 불구하고 마치 정부보다는 국민의 곁에 서서 이야기하고 있는 느낌이 강했다.

앞으로 어떠한 폭탄 발언들이 터져 나올지 카메라 감독은 대남의 모습을 한 장면도 놓치지 않고 담아내고 있었다.

"검사님의 의견 감사합니다. 한편 현재 정부에서는 5공 비리에 관한 청산과 더불어 공권력 불신에 관해 뿌리를 뽑겠다고 발표했습니다. 하지만 아직까지 국민들의 의심이 남은 것은 어쩔 수 없는 일일 텐데요. 5공 비리와 연루된 실권자들에 대한 봐주기식 수사에 대한 논란과 끝에는 솜방망이 처벌이 내려질 것이라는 말들도 많은데, 김대남 검사님께서 보시기에는 어떻습니까?"

"진행자님께서 잊으신 모양인데 저 또한 검찰청 소속의 검사입니다. 정부의 입장에 이렇다, 저렇다 할 입장을 내놓지 못하는 게 공무원이지 않습니까. 그 점을 고려해 주서서 다르게 질문을 해주셨으면 좋겠습니다."

"다르게요……?"

"예, 가령 윗분들의 태도가 어떠한지 물어보시면 되지 않겠습니까. 그분들이 누구인지는 구체적으로 따지지 마시고요."

"······!!!"

대남의 발언에 진행자의 등 뒤로 굵은 땀방울이 맺혀 흘렀다. 카메라를 잡은 카메라 감독 또한 어쩔 줄 몰라 하는 표정이다. PD와 눈이 마주친 진행자가 결심을 했는지 이내 마른 입술을 쓸어 보이고는 물었다.

"그, 그럼 김대남 검사께 다시 묻겠습니다. 윗분들의 태도가 어떻다고 보십니까······?"

이어지는 뒷말에 PD가 두 눈을 질끈 감았다.

"문제가 많습니다."

To Be Continued